日々雑感 1

林 孝志
HAYASHI Takashi

文芸社

■目次■

まえがき

随筆というものは、己のために書き記す。にも拘らず、洋の東西を問わず著名な作品が存在する。特に日本には『枕草子』『徒然草』のように後世の者が読んで学ぶ作品も多い。しかしこの「日々雑感」は、そのような大それた思惑などない。ただただ自分のために書き綴ったものである。その文章を本にすることに、ある種のためらいがあった。自分の文章が読者にどのように受け取られるかがわからないからである。そのために、オリジナルの文章を削除、訂正したことをお断りしておく。

二〇二三年　八月十八日　　林　孝志

日々雑感　1

NHKについて　二〇一六年四月四日（月）

リワークを卒業して四日経った。

朝は相変わらず、七時台には起床して、NHKの連続小説「とと姉ちゃん」を観てから朝食を摂る。「とと姉ちゃん」は、出だしからかなり面白いドラマである。多分、半年後の最終回まで視聴し続けるだろう。

「刑事フォイル」が終わってしまって、テレビを観る機会が減ったと思ったら、この朝ドラの出現である。NHKは前作「朝が来た」の高視聴率を、そのまま本作でも維持させたいのだろう。その意気込みは、前作のテーマソングをAKB48に担当させたのに対して、本作は宇多田ヒカル（以下敬称略）に依頼したことでも窺える。そういえば、「梅ちゃん先生」ではSMAPだったし、「ゲゲゲの女房」の際はいきものがかりだった。そして、そのいずれもが歌詞がついている。口ずさめるほどに。

NHKが力を入れているのは、朝ドラだけではない。日曜夜の大河ドラマ「真田丸」も同様である。まず、戦国時代の設定である。大河ドラマのジンクスとして、幕末・維新物は視聴率が稼げないと言われている。「龍馬伝」に福山雅治を起用しても、結果は今一つだった。それどころか、三菱の関係者から、創業者（岩崎弥太郎）の初期の生活や服装、人物像に至るまでクレームがついたという。「千世の桜」も、会津藩を前半の舞台に据えるという冒険的な企画で打って出たが、綾瀬はるかの演技の幅は広がっても、視聴率は伸び悩んだようである。

勿論、NHKは公共放送であるから、視聴率は気にせず質の高い作品を世に送るべきである。とは言え、新聞に今週の視聴率ランキングが掲載されては、我が道を行くだけでは済まされないだろう。また、NHKは視聴者の受信料で運営されていることを、忘れてはならない。皆の金で制作しているのだから、皆の満足するであろう作品をまず企画するのが使命である。

幕末・維新物で困るのは、倒幕派と佐幕派とがはっきり区別されるところにある。SMAPの香取慎吾が近藤勇を演じた「新撰組」は山口県では人気が出なかった、と聞く。池田屋事件はいまだに怨念をもって元長州藩たる山口県の関係者各位に記憶されているのが実情である。その他一般の視聴者には一つの歴史的事実でも、何世代か前からの口伝

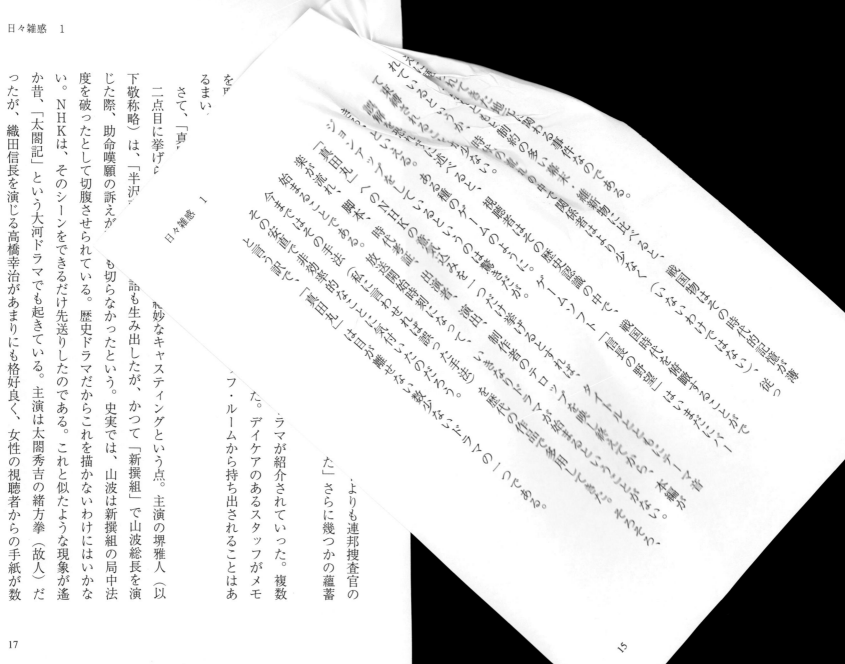

よりも連邦捜査官の

た」さらに幾つかの蘊蓄

ラマが紹介されていった。複数

た。デイケアのあるスタッフがメモ

を……フ・ルームから持ち出されることはあ

るまい。

さて、「真……

二点目に挙げら……絶妙なキャスティングという点。主演の堺雅人（以下敬称略）は、「半沢……話も生み出したが、かつて「新撰組」で山波総長を演じた際、助命嘆願の訴えが……も切らなかったという。史実では、山波は新撰組の局中法度を破ったとして切腹させられている。歴史ドラマだからこれを描かないわけにはいかない。NHKは、そのシーンをできるだけ先送りしたのである。これと似たような現象が遙か昔、「太閤記」という大河ドラマでも起きている。主演は太閤秀吉の緒方拳（故人）だったが、織田信長を演じる高橋幸治があまりにも格好良く、女性の視聴者からの手紙が数多く寄せられ、本能寺の変が随分とあとになった。

このように、「真田丸」では好感度の高い俳優がその役柄に相応しく数多く配置されているのだ。真田安房守を演じる草刈正雄、上杉景勝を演じる遠藤憲一、そして徳川家康を演じる内野聖陽、女優陣では、とり（信繁の祖母）を演じる草笛光子、薫（信繁の母）を演じる高畑淳子、というように。

三点目は、コンピュータ・グラフィックを駆使して、戦国時代の勢力地図を、分かりやすく解説していること。前回の稿で、戦国時代は我々にとって俯瞰しやすいと述べたが、まさに眺めやすい色分けと立体性を持った地図を「真田丸」のスタッフは作製している。我々視聴者は文字通り、鳥になった気分で上空から信州その他の地域を三次元的に眺めることができる。

と言う訳で、目が離せない「真田丸」である。

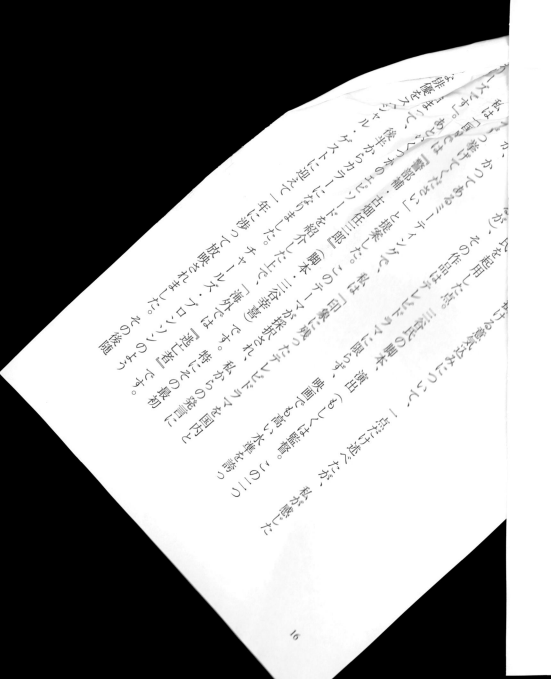

留守番電話　四月十八日（月）

我が家の固定電話には留守電機能がついている。はっきり言えば、居留守電話である。

これは、俺々詐欺（実際に一度我が家にも電話が掛かり、大騒ぎになった。だが、このことは今は触れない）や、セールス、間違い電話等に対応するために、十年ほど前に購入した。その際、ヨドバシカメラの店員は、番号表示の機能を取り付けることもできますが、と言ったが、私は断った。真に重要な連絡であれば、留守電メッセージを残せばよいわけで、何処から掛かってきたかを番号表示で見ることは、必要ないと判断したからである（私の携帯電話は、勿論様々な方の番号登録をしているが）。

従って、日に一回は固定電話に留守電の表示が赤く点滅していれば、再生ボタンを押している。勿論、どうでも良い内容は全て消去している。

先週、外出から戻った私は、赤く点滅をしていることに気付き、再生した。「〇〇です。お電話しなければならないことがありますので、お戻りになったらご連絡を下さい」。相手は母の従姉妹で、当然母が外出しているものと思ってのメッセージである。私は、母にすぐ電話をするように促した。母が先方に電話をしたら、その方の姉、母からすれば同じく従姉妹に当たる方が亡くなったということだった。

電話を切った母は、自分の妹（私の叔母）と同い年なのにと嘆いた。私はすぐに叔母に連絡するよう促した。母が電話をしても、なかなか出ない。叔母は携帯電話を所持していると言うので、その携帯に掛けると、留守電サービスに切り替わった。母は訃報には触れずに、連絡が欲しいとだけメッセージを残した。

私は、緊急の事だから、この際叔母の長女（私の従姉妹）に連絡しようと言った。母が従姉妹に電話したところ、従姉妹は何回目かのコールで出た。母があなたのお母さんの従姉妹が亡くなったこと、お母さんの家にも携帯にも、電話をしたが出ないこと、お通夜と告別式の日取りを伝えた。

従姉妹の言うところでは、叔母は五時まで外出しているとのこと、携帯は置きっぱなしにしているとのことであった。私は、母に五時過ぎになったら、叔母の家の固定電話に電話しようと言った。携帯は所謂非携帯の状態だと判断したからである（私も携帯は電源を切りっぱなしにしている。一度ある人に電源を入れといて下さいと言われたことがあるが、ある理由で切っている。そのことは今は触れない)。

五時過ぎに、母はようやく叔母と連絡が取れた。叔母は身体の調子が思わしくなく、通夜・告別式には出られない、香典は郵送すると言った。母はあんたと同い年の○子さんが亡くなったのよ、となじるように言っていた。私が二人のやり取りを聞いていて、同じ話を繰り返す(実はいつものパターンなのだが)ところで、電話を終わらせた。

私は、母はどうするのだと訊くと、母は黙った。母もこの一年以上、外出ができない状態なのである。以前は杖をついて買い物ぐらいはしていたのだが。私はその時点で、明日先方には、母に付き添って伺うか、自分がお通夜に行くことになるだろうと思っていた。

そこへ従姉妹から電話があった(その日はとにかく電話には出るようにしていた)。従姉妹曰く、自分の母が出られないので、お兄ちゃん(彼女は昔から、私のことをそう呼んでいた)が行かれるなら一緒に行きたいのですが、と言った。私は即座にそうしようと返事をして、細かい点をこちらが詰めるので、後で電話をすると言った。従姉妹はほっとしたようだった。その後、私は母とお香典の額や、親戚のメンバー(どなたにお会いするか分からない)を確認し、あとは当地を地図で調べ、電車乗り換えを検討した。インターネットに接続していれば、駅すぱあとや乗り換え案内で検索出来るが、この稿を打っているパソコンはパソコンだけの機能である（ちなみにソフトは一太郎である）。

私は、初め四時待ち合わせを考えたが、それを三時三十分に繰り上げて、新宿駅の小田急からＪＲへの乗り換え改札口の手前で待ち合わせをしよう、と言い、そしてお香典の金額を伝えた。従姉妹はお通夜のいとなまれる駅前ホールは歩いて三分だと言った。さすが、彼女は検索していた。最後に、お互いの携帯番号を交換して電話を切った。母は、あんた○○ちゃんのこと分かるの？　と言ったが、私は自信があったしお互い黒服を着ているんだから、と返事した。確かに、従姉妹と再会するのは祖母の告別式以来である。祖母とは母方の祖母である。その祖母の告別式で、久々に会った。

四月十五日金曜日三時三十分、従姉妹はすぐに分かった。挨拶を済ませ中央線快速に乗り込む。お茶の水駅で総武線各駅停車に乗り継ぎ、津田沼まで行く。参考までに、彼女に行き方を検索したの？　と訊いたらやはり調べていた。それは、私も検討したルートだったが、乗り換えが多く使用する路線も多い。私が決定したルートは、ＪＲ津田沼駅から京成津田沼駅まで少し歩くが、北習志野まで断然速い（しかも安い）。

場所を確認し、そこを通り過ぎ、ジョナサンに入った。そこで、親戚筋（母方、即ち祖母の兄弟姉妹関係）の、分かっている範囲を説明した。少なくとも何人か（我が家に知らせて頂いた方）はいらっしゃるだろう、と。従姉妹は叔母に携帯を持たせたが、声が聞き取れないらしく、また使い方を忘れてしまうと言った。もっと早くに持たせるべきだった、と。彼女は以前祖母の訃報を聞き、叔母に何でもっと早く知らせてくれなかったのかと、なじったことがあった（通夜に参列することも可能だったのかも知れない）。そういう彼女の性格からして、自分が母の名代をしなければ、と思ったのであろう。

六時に斎場に赴き記帳を済ませ、親戚関係の椅子に案内された。奥が母の従姉妹が嫁いだ家の親戚の方々で、最前列左手に喪主がいらっしゃる。経典を朗じられているご住職を挟んでこちら側が祖母方の親戚筋である。御遺影に向かって正面に一般の焼香客の席がある。父が〇〇さんは腰が曲がっているぞ、と教えてくれていたので、私の左前にいらっしゃる女性がそうに違いないと思った。

焼香が済み、ご住職の講話が終わり、全員が立ち上がった。そこで、私はその老婦人に「四谷の〇子の息子の孝志です」と自己紹介して（私が子供の頃、会ってはいるが）母の代わりに来たことを告げた。続いて従姉妹が自己紹介して、そのまま、お清めの場に席を移した。その際、廊下の片側に故人を偲ぶ品々が置いてあり、古いアルバムも開かれていた。私と従姉妹は、そのアルバムを一枚一枚めくっていった。ある写真（当然白黒）の三人の美女を見て、従姉妹が「あ、これ伯母さんです。これが母です」。もう一人が叔母と同い年の故人である。身内のことを美女というのもおかしいが、確かに三人は原節子（故人・敬称略）のように綺麗だった。三人が共に独身の時代のものである。従姉妹はスマホで写真を撮ってもいいでしょうかと、お清めの場で故人の娘さんに許可を取り、撮影した。カラー写真で、祖母方の親戚一同が写っているものがあったが、私の母は写っていたが、残念ながら叔母の姿はなかった。服から考えて、法事ではなく何かを記念しての会合らしい。母の服の襟に付けているブローチは、私が海外旅行でお土産に買った物であった。

私達二人は斎場を出て、北習志野の居酒屋に入ったが、満員とのこと。考えてみれば四月の第二金曜日、歓送迎会でどこも一杯かも知れない。津田沼まで出て、そこで店を探しタパス&タパスのカウンターに腰を落ち着けた。従姉妹はそこで初めてアルコール入りのカクテルを注文した（カクテルとは普通アルコール入りであるが）。私は斎場でビールを数杯頂いていたので、普通なら絶対生ジョッキなのだが、グラスの生を注文した。従姉妹が好みのパスタを、私がポテトサラダを注文した。そこで、従姉妹は昔のことを知りたい、と語った。そして、自分の弟が（私の従兄弟）が年賀状をきちんと出しているかを気にしていた。彼女は当然私の父母に出している。私は、その件はすぐに調べれば判るよ、と答えた。

津田沼からの帰りの車中、従姉妹が彼女の母と伯母（私の母）が祖母と共に、実家が空襲で焼けて、親戚の家に仮住まいしたことを訊いてきた。従姉妹はその空襲を三月十日の東京大空襲だと思っていたらしいが、実は五月二十五日の空襲である。東京大空襲は下町を中心に狙われたので、実家はその時は無事だった。だが、五月の山の手を中心に狙われた空襲で、消失した。私の母はその時防空頭巾を被り、防火作業をしていた男の人に頭から（汚い）水を掛けてもらい、燃えさかる道を実家に向かったと、聞いている。従姉妹はそう言う話も聞いていないのだろう。

私達は四ツ谷駅で別れた。従姉妹は新宿で乗り換え、自宅まで帰らなければならない。そこでお互い連絡を取り合い、一度母と叔母を会わせる場を（当然、私の家になる）セッティングしようと約束した。

この日は、私にとって、意味のあるかなり長い一日となった。

従姉妹　四月二十五日（月）

本日、従姉妹が我が家を訪れた。前回登場した従姉妹である。

私が電話で、叔母を連れて来る前に、貴女だけで来てくれないかと頼んだのである。

新宿駅の小田急の改札口で待ち合わせ、地下鉄丸の内線で新宿御苑前で降り、馴染みのフレンチレストランに案内した。並んでも入れない名店である。従姉妹は「このお店、知ってます」と言った。正に知る人ぞ知るフレンチレストランなのである。彼女はかつて、この店が新宿三丁目にあった時、新宿の美味しい店で検索したらしい。

今日も満員で、いつもなら私が座るカウンター席も女性客で塞がっている。男性客は私だけである。メニューは、スープは温かいものと冷たいものから選び、前菜は五種類から選び、主菜も五種類から選ぶ。食後はコーヒーか紅茶である。私はいつもはワイン（ラングドックの赤）を頼むのだが、今日は我慢した。

従姉妹を自宅に連れて行く前に、幾つか話題を口にした。我々の祖父の件である。祖父と祖母の命日と戒名をメモした紙を渡した。更に叔母を自宅から上野に電車の指定席で連れてきたあと、タクシーで四谷の自宅までどのルートが最短かの地図を描いた紙を渡した。昼食を終えて、四谷三丁目まで地下鉄に乗って、従姉妹を自宅に案内した。彼女は高校生の一年間、我が家に下宿したことがあり、四谷の街の変わりように驚いていた。

自宅では、私の母と三年ぶりに会い、お土産をくれた。私は「気を遣わなくていいのに。金まで遣わせてねえ」と言った。そして、母が昔の話を従姉妹に聞かせた。私は全部知っている事だが、彼女には初めて知る事柄もあったようである。また、彼女は先日のお通夜の席で撮影した昔の写真（美女三人組）等を、母に見せてくれた。

一時間以上、昔話に花を咲かせて、私はＪＲ四ツ谷駅まで従姉妹を送った。四ツ谷駅はアトレと言う商業施設と合体しており、そこの二階の店に入った。彼女はソフトドリンクを注文したが、私は生ビールにした。一仕事終えた気分だったからである。

実は、叔母を自宅に招くにはハードルが高いことを、私なりの表現で従姉妹に伝えた。むしろ墓参りという形で母と叔母を会わせる方が良いとも言った。墓参りなら、三年前に母と叔母、そして従姉妹も一緒に行ったことがあるのだ。平日だったので、私はその場に居合わせなかった。

墓参りするには、梅雨になる前が絶対条件である。連休明けの平日、私は手帳を開いて五月十六日月曜日から二十七日金曜日までの間ではどうかと訊いた。従姉妹は手帳にメモして、いつでも良いと言った。私は彼女の決断の早さに、内心感心した。前回（日々雑感「留守番電話」）、私が一緒にお通夜に行くことを即座に決めたように。即断即決は林家の血なのかもしれない。

私は従姉妹に、母の具合を見ながら、近いうちに連絡をすると約束した。

私は四ツ谷駅の改札口で、従姉妹を見送り帰路に就いた。明日から数日掛けてリビングの雑多な物を分別しなければならない。今日の午前中に、二階の廊下に移動させていたのである。たとえ従姉妹でも、散らかした部屋に招じ入れることはできない。

檸檬　五月二日（月）

リワークを卒業して、一ヶ月が過ぎた。

その間、結構忙しい日々を過ごしている。例えば、元の職場に辞令を受け取りに行ったり、診察に病院に行ったり（お花見に飛び入り参加した）、都庁に手続きに行ったり、親戚の御不幸でお通夜に行ったり（日々雑感「留守番電話」）、従姉妹が来たり（日々雑感「従姉妹」）、その際移動した雑多な物を分別したりと、連休に入ってやっとこの稿を打っている。ちなみに、分別して一番多かった物はリサイクル用紙類である。

さて、今回のテーマである。レモンと読む。私の熱海の別荘（まだローンが完済していない）の庭に植えてある木に実が生る。今ぐらいの時期に多い時には三十個くらい生るのだが、今年は十個ほどしか採れなかった。但し、全くの無農薬である。

これらの檸檬を、知り合いに渡した。従姉妹には一個、新宿二丁目のフレンチには四個、その他にも幾つか、というふうに。

フレンチのスタッフから「美味しかったです」と言われた時は嬉しかった。ステーキには檸檬が欠かせないということだった。またある人からは、コーラに入れて飲んだら美味しかったとも言われた。

重い思いをして（決して駄洒落ではない）熱海から東京に運んだ甲斐があったと言うものである。

檸檬と言えば、國學院大學の先輩でもあるさだまさしさんの歌詞が思い浮かぶ。さださんは文学部史学科を中退されている。私が入学した頃は、既にソロ活動をされていた。例の聖橋から檸檬を投げるという詞は、強烈な印象を与えられた。と同時に川に檸檬を投げ入れてもいいのかとも思ったものである。

当時の神田川は汚水も含んだ汚いイメージだったが、近年は生活排水は流さず、魚も自生しているくらいに変身を遂げた。それは、多くの人の努力が積み重なっての結果であると言える。

噛みかけの檸檬を投げ入れることは、今では許されないことだろう（噛みかけでなくても）。だが、汚い頃の神田川に黄色い色の檸檬を投げると、快速電車の赤い色がそれを噛み砕く、という風景はその時だからこそ見えたに違いない。

そう言えば、快速電車も赤いラインの入った新型車両に代わっており、もうあの歌の詞を想像するには難しいものがある。

これを時代の流れと言い切ってしまうのは簡単だが、それだけではない何かがあるような気がしてならない。

さだまさし（敬称略）はアリスと共に私が最も愛した日本のミュージシャンで、その作品は大学生活を彩る様々な場面で、常に私の耳に心地よく流れていた音楽である。

高校生の時は、サイモン&ガーファンクルとザ・カーペンターズである。特に亡くなったカレン・カーペンターの歌声は今聴いても色褪せない。

時代が変わっても変わらぬ価値があり、それだからこそ価値の高まるものが世の中には存在するのではないだろうか。

桜坂のカフェ　五月九日（月）

私の自転車は、パナソニックの21段変速の多用型である。左のハンドルで3段、右のハンドルで7段、ギアチェンジができる。

この自転車で、スペイン坂（テレビ朝日の支局がある）の上のカフェに行くことができる。インターコンチネンタル・ホテルがそびえる横を、自転車を押して坂を登り切る。付近は億ションが立ち並び、別世界の感がある。その一角にお目当てのカフェがある。

このカフェの存在を知ったのは、以下の経緯による。私は以前、新宿伊勢丹の「アフタヌーン・ティー」と「キハチ・カフェ」をよく利用していたのだが、「キハチ・カフェ」

のマネージャーと話をする機会があった。会計の際、自分のようなコーヒー大好き人間には、カップが小さいように思う、と言ったのである。すると彼女は、「コーヒー大盛りと仰って下さい」と即座に応えてくれた。私はその即断に感心した。流石、マネージャーを任せられる人物である。「キハチ・カフェ」ではマネージャーだけ別のユニフォームを着ていた。次の時に入店した私は、「コーヒー大盛り」と注文した。接客したのは別のスタッフだったが、にっこりして注文を受けた。既にスタッフ・ミーティングで連絡されていたのであろう。カプチーノを入れるやや大きめのカップで「大盛り」が来た。「キハチ・カフェ」では「大盛りの客」でスタッフに知られるようになった。マネージャーが会計をした際「損していない?」と訊ねたら、笑顔で「大丈夫です」と応えた。そのマネージャーが新しくオープンする店に引き抜かれたと聞いた。それがスペイン坂の上のカフェなのである。

初めてその店を訪れた時は、地下鉄の溜池山王駅から歩いて行った。会計が終わって「○○さんいらっしゃる?」と訊くと、スタッフは怪訝そうにして、私の名前を尋ねた。私が応えると、スタッフは奥に引っ込んだ。やがて彼女が現れた。すぐに私が分かったようである。私は「ここのお菓子よりは美味しくないかも知れないけど」と言って、お土産を渡した。彼女は丁寧に礼を言った。

店を出た私は、来た時とは反対の坂を駅に向かって歩いた。それが桜坂である。案内表示によると、戦災後に、桜を植樹したということである。それがかなり大きく枝を広げ、お花見のシーズンは見事な眺めになるのは、容易に想像できた。お花見の名所として、ミーティングで紹介したこともあった。

先日、久しぶりにこのカフェを訪れたが（自転車で）、ランチタイムで大変賑わっていた。新宿伊勢丹の「キハチ・カフェ」も「アフタヌーン・ティー」もリニューアルの際に相次いで閉店して、あとには私の好みでない店がオープンした。それらの店は、ずばり高いとしか言いようがない。コーヒー一杯に幾らまでなら払うか、ミーティングで私がアンケートを取ったことがあるが、大体五百円までがメンバーの大方の意見だった（私の意見ではありません）。現在、伊勢丹のそれらの店は、所謂セレブの御用達のようだが、私は利用していない。月に二、三度、運動を兼ねて自転車で桜坂のカフェに行き、優雅な（文字通り）時間を過ごした方が余程有益である。

カーペンターズ　五月十六日（月）

この稿を打っている今、私の部屋に「カーペンターズ」の楽曲が流れている。二十年ほど前に購入したCDで、同じく二十年ほど前に購入したCDプレイヤーで聴いている。

リワークを卒業して、自分の時間が驚くほど増えた。その時間の週に一回は、この「日々雑感」に充てようと思ったのは、いつの頃だろう。

四月一日（金）、前日に皆様にお別れのスピーチをしてメンバーからスピーチを頂いた私は、診察のため病院を訪れた。そして、薬を頂いて薬局を出た私は、前日教えて頂いた通りの道を歩き、リワークのメンバーがお花見をしている場所まで行き着くことが出来た。前日にあるメンバーの方から教わらなかったら、行き着けなかったことだろう。その場所で、「日々雑感」がメンバーの方に読まれていることを知った。考え抜いたあのお別れのスピーチで、スタッフルームにファイルされていると申し上げていたからである。あのスピーチは、実は私の人生の中でもかなりの出来のものと、秘かに自負している。言葉を遣う（文字を遣う）ことを職業としてきた私は、失礼ながら他の方には出来ないスピーチが出来ると思っていた。新宿駅から自宅まで歩く中で、話す順序や内容、時間配分を何回考え、頭の中でリハーサルしたことだろう。

初めは自分のこと、自分が勉強になったプログラムのこと、自分が一番楽しんだプログラムのこと、スタッフ三名の方々への感謝の言葉、そして、メンバーの皆さんへのメッセージと、省くところは思い切って省き、言うべきことは外さないように気を遣った。敢えて「年長者」という言葉も遣って、全ての方々に失礼のないようにと、配慮した（つもり）のである。

言葉の力を知っている（つもりの）私は、六名の女性に手紙を書いた。勿論直筆である。書道の○○先生、らくらく音楽の□□先生、リラクゼーションでお世話になった△△作業療法士、ピンポンで「臥薪嘗胆」を教えて下さった◎◎作業療法士、いつも優しく見守って頂いた◇◇看護師、そして私の担当の※※臨床心理士の六名である（お名前や役職名が違っていたら申し訳ありません）。

全ての手紙には、私なりに真心を込めた。字も一発勝負で清書した。ペンを取るのも日々の振り返りの日誌では、かなりいい加減に書いていたので、○○先生は私の実力をご存じだが（大した実力ではない）、この手紙の字には私の魂を込めて書いた。

國學院大学で、日本人は言葉に魂が宿る、従って言霊という概念が生まれた、一方中国では字（書）に魂が宿る、従って名書は大切にされ、臨書することが重んじられた、と教わった。

私は、スピーチと手紙で、自分の想いをお伝えしたつもりである。先生方は曜日の関係でもうお会いすることもできないが、スタッフの方々には、五月にもお会いしている。ある方から、手紙の力（文章の力）のことを感想として頂き、正直とても嬉しかった。

「カーペンターズ」の楽曲を聴いている。当然この音楽にはメッセージ性もあるが、これに関しては、私には語る資格がない。だが、言えることは良いものは良い。時代を超えて聴き継がれる作品があるということではないだろうか。

墓参り　五月二十三日（月）

五月十九日木曜日、私は母を約一年ぶりに外へ連れ出した。母は私が入院する前の頃から、外出をしなくなっていた。それまでは、杖をついて近所まで買い物をしていたのだが。
と言う訳で、従姉妹から相談があった叔母と母とを会わせる為に、私は墓参りを企画した。従姉妹は、前の晩は実家に泊まり、朝は叔母と共に常磐線の上野東京ラインで東京駅まで来て、中央線快速で四ツ谷駅まで来る。私と母はタクシーで四ツ谷駅に行き、アトレと言う商業施設のとあるカフェで待ち合わせる。十一時三十分がその待ち合わせの時刻だった。

従姉妹と叔母は時間通りに到着した。二度ほど、従姉妹からショートメールが届いており、私は特に心配はしていなかった。四人でお茶を飲んで四方山話をして、タクシーで菩提寺に向かった。タクシーの運転手は喜久井町を知らず（以前から感じていたことだが近頃の運転手は地方出身者が多く、カーナビに頼る傾向が強い）、私が助手席から指示を出した。新宿通りを進み、四つ目の信号を右に折れ、津の守坂を靖国通りに下り、合羽坂を外苑東通りに上り、外苑東通りを柳町の交差点まで行き、すぐの一方通行の細道を夏目坂まで行く。夏目坂に出たら、右折して少し行った所が我が家の菩提寺である。

到着して、寺の庫裏のインターフォンを押した。いつもなら私だけなのが、四人も来たことに驚かれていた。線香に火を付けて貰い、私は従姉妹にそれを渡し、桶に水を汲み墓まで運んだ。それから私は花を買いに近くのスーパーに行った。寺に戻ると、墓は水で清められていた。それぞれがお参りして、菩提寺をあとにした。

寺の門前で、タクシーを止め、従姉妹、叔母、母が後部座席に収まった。この時、後続車からけたたましいクラクションが鳴らされた。私は「うるさい！　黙れ！」と怒鳴った。見れば分かるだろうに。老人が二人も乗り込む様子は。「見て分からん者に、言っても分からん」と言う名言がある。これは裏を返せば「見れば明らか」となる。私は、もしクラクションを鳴らした馬鹿野郎が降りて来たら、一戦を辞さない気分だった。

菩提寺から上野駅まで行った。アトレの前と言ってもタクシーの運転手は分からなかった。ＮＨＫの朝ドラ「あまちゃん」でも撮影されていたのだが。タクシーを降りて、二階に行くのに階段しかない。バリアフリー社会はどうなっているんだ。と思っていても事態は進展しないので、ゆっくり階段を上って貰った。上野駅のアトレは三階に飲食店が並んでいる。「麻布茶房」と言う店で女性三人はあんみつ抹茶を頼み、私はジャージャー麺を注文した。会話は三人に任せて、私はひたすら麺を食べた。ビールを飲みたいところも我慢した。従姉妹は満足できたであろうか。

上野駅の改札口近くで叔母と従姉妹に別れ、私と母は地上に降りて、タクシーで自宅に戻った。母は、大分疲れたようだった。

私信だがショートメールを紹介しておきたい。「四時半頃家に着きました。私は今電車の中です。今日は本当にありがとうございました」。

再びのカーペンターズ　五月三十日（月）

今パソコンの前に座っていて、背後からCDプレイヤーの流す音楽が聴こえてくる。私にとって最も充実した時間である。曲はカーペンターズである。前々回で「カーペンターズ」とタイトルしながら、内容が逸れてしまった感があった。そこで再びこのテーマで述べてみたい。

私が高校生の時、初めてカーペンターズの楽曲をラジオで聴いた。当時はザ・ビートルズが解散状態で、ボブ・ディランが一世を風靡し、サイモン&ガーファンクルが新たな音楽シーンを創り出していた頃である。日本ではニューミュージックが出た頃である。「トップ・オブ・ザ・ワールド」をラジオで聴いた時、鳥肌が立ったようだった。メロディーの美しさ、テンポの良いドラムスの響き、リズムのあるベースの音、ハーモニーの滑らかさ、そして何よりカレン・カーペンターの歌声の見事さに、文字通り酔い痴れた。歌声がこれほどまでに人を感動させるものなのかと思った。まだ、レコードを購入していなかったので、歌詞は耳から覚えた。意味は高校生の英語力で分かる程度だった。しかし正直に言うと、意味などどうでも良かった。彼女の歌声と、メンバーとのハーモニーがあれば充分だったのである。

私は生まれて初めて、当時のFM東京に葉書を出して、リクエストをした。何日かした日曜日の朝、私の名前が他のリスナーと共に読み上げられた。「トップ・オブ・ザ・ワールド」の前奏部分と共に。私はこの一回だけでリクエストを出すのを止めた。私の名前が読み上げられたことと、この曲との記念すべき事柄を大切にしたかったからである。

「イエスタディ・ワンス・モア」も思い出深い曲である。テンポはゆっくりで、メロディーは落ち着いていて、ハーモニーは完璧だった。ラジオのことをレイディオと発音することは中学校で習ったことかも知れないが、ここで改めて知った。耳で聴く英語はメロディーと共に私の心に響いた。

「スーパースター」も優れた楽曲である。ゆったりとした前奏部分から深みのあるカレンの歌が流れてくる。自分達自身をスーパースターとは位置づけていないのだろうが、聴く側はカーペンターズをスーパースターと思わざるを得ない。

琴線に触れるとは、正にこのことを言うのだろう。このあとのあらゆるミュージシャンもまた先人の楽曲も。素晴らしいものは数多くあるが、歌声に関して言えばカーペンターズが最も優れていると言える。少なくとも私の中では、カレン・カーペンターは音楽の女神なのである。マライヤ・キャリーもセリーヌ・ディオンも、ニコール・キッドマンもマドンナも及ばない女性シンガーだと言ったら、それぞれのファンから叱られるだろうが。

私はレコードを購入し、ステレオセットで聴くようになった。ナショナルの製品で、針はダイヤモンドである。大学生の時、左利きの後輩とも一緒に聴いた。時は流れてレコードからCDに代わり、今日もこうして聴いている。今レコードが見直されている、と聞く。大いに結構。ステレオセットは古くなったが、私の部屋にある。レコードも捨てていない。このような流行《はやり》すたりはあるかも知れないが、カーペンターズだけは、私にとって特別な存在なのである。

定例会　六月十三日（月）

毎週火曜日に、元の職場の仲間との呑み会に参加している。

この会は別名火曜会とも呼ばれ、かれこれ二十年の長きに渉って続けられている。メンバーは、私を入れて五人。時々もう一人が都合を付けて参加する。全員男性で、私がその職場に勤務していた頃は、職場の後輩を連れて行ったこともある。勿論、若い女性をである。席次は大抵最年長の先輩が右奥で、その反対側が大病をした経験のある中堅、その隣が私、中堅だがこのメンバーでは若手となる者がその隣、先輩の隣（私の反対側）が私と同期のヴェテランである。この五人は誰も煙草は吸わない。従って我々のテーブルから灰皿が片付けられる。時々参加する中堅（それでも最若年者）は煙草を吸うので、六番目の席で煙を反対側に吐き出している。当然のエチケットと言える。

場所は、練馬区の春日町にある、沖縄料理の名店である。最初の生ビールもオリオンビールと言って沖縄のものである。あとは泡盛をロックで飲む。みんなの酒を作るのは、当然ながら若手（職場ではヴェテランであるが）の役割である。我々は、練馬の勤務地で職場を共にした。時々参加する中堅は、私がその職場に赴く前に他所に異動し、その代わりに今やヴェテランとなったメンバーが転勤してきたということである。私の転入は更にそのあとのことである。

今やその練馬の職場に勤める者は誰もいない。皆異動した。最年長者の先輩はこの春、定年退職し、大病を経験した中堅も退職した。かく言う私もである。現役の方が少なくなった。にも拘らず、定例会は二十年間営々と続いている。

沖縄料理の店以外は、練馬（西武池袋線、都営大江戸線）の四軒の店をローテーションで廻している。中華が二軒、居酒屋が二軒である。どこでも、最初は生ビールのジョッキだが、後は黒霧島（芋）か薩摩白波をロックで飲む。鶏が駄目な者が一名、刺身を嫌う者が一名、葱が嫌いな者が一名。料理を注文する際のお約束ごとである。

家族連れが来店するチェーン店も徹底して避けている。何故か。雰囲気を大切にしているからに他ならない。子供を居酒屋に連れて来る親の神経も問題だが、店の姿勢も疑問を感じる。店はお客ということで断らないのだろう。私は子供連れはお断りの店を数軒知っているが、その全てがチェーン店ではない。店の雰囲気は客が作るものである。我々はそれを大切にしている。子供連れの客が来店した店は、二度と行っていない。

定例会は、九時頃にお開きとなる。大病を患った同僚はそこで帰る。後は二次会で、練馬のカラオケ・スナックに赴く。これもローテーションのようなものがあるが、しっかり確立したものではなく、交渉役が一時間幾らとか、飲み放題・歌い放題かとかを確認して入店する。リワークの水曜日のアフター・カラオケでは一番しか歌えなかったから、三番まで歌詞がある曲を楽しんでいる。五十日《ごとう》でカラオケが出来ず、私のが聴けなくてメンバーのA氏が残念がっていた洋楽も歌っている。

洋楽と言えば、前回の女性シンガーに、ホイットニー・ヒューストンを入れていなかった。彼女も音楽の女神の一人である。天国の彼女の冥福を祈ります。

カラオケ　六月二十日（月）

前回の「二次会」でカラオケに触れた。

不思議なもので、二次会にカラオケを利用する機会が多い。勿論、二次会はじっくり腰を落ち着けて、呑む（語り合う）ということもある。これは一次会で語り切れなかった場合であることに気付く。と言うことは、二次会にカラオケに行く時は、一次会で主要な話題は語り尽くされた（肴も食べ尽くした）と考えることができよう。

当然、気分を変える働きもある。歌を歌うことは、心理学的見地からも決して悪いことではないはずである。

定例会の二次会は、カラオケ・スナックだと紹介したが、別に参加している三週に一回の呑み会の二次会は、カラオケ・ボックスである。チェーン店の一つで、何やら割引とか優遇とか、一次会の店の会計のレシート持参だとサービスが付くとかで、要するに客の争奪戦を行っている。

新宿の夜は（例えば火曜日の定例会が二次会無しでお開きになった日、私が街を歩いていると）大手カラオケ店の前に、若者の群れが出来ている。人数が多過ぎてすぐに入店出来ないのだろう。事ほど左様に現在もカラオケの需要は高いと言える。

カラオケのエチケットに関しては前回に触れたが、カラオケ・ボックスの場合、他の客に気を遣うことをしなくても済む。仲間内だけでのエチケットを守ればよい訳である。

私は洋楽以外は、出来るだけ古い歌を歌うようにしている。他との重複を避けるためである。「夢の途中（来生たかお）」「恋人も濡れる街角（中村雅俊）」「地上の星（中島みゆき）」「マドンナたちのララバイ（岩崎宏美）」「酒と泪と男と女（河島英五）」「ジョニーの子守唄（アリス）」「道化師のソネット（さだまさし）」「私はピアノ（サザン・オールスターズ）」「北の宿から（都はるみ）」「津軽海峡冬景色（石川さゆり）」「恋のバカンス（ザ・ピーナッツ）」とジャンルも多岐に亘る。二次会の終わりが近づいたら「東京ラプソディ（藤山一郎）」「また逢う日まで（尾崎紀世彦）」「昴（谷村新司）」を歌う。勿論同じ歌手が（違う曲でも）歌われていなかった場合に限る。比較的新しい曲では「365日の紙飛行機（AKB48）」が歌える。これは朝の連続テレビ小説「あさが来た」の主題歌だったからである（日々雑感「NHKについて」）。現在の「とと姉ちゃん」の主題歌を宇多田ヒカルが歌っているが、これをレパートリーに加えるのにはまだ時間がかかる。

デュエット曲では「銀座の恋の物語」「東京ナイト・クラブ」「コモエスタ赤坂」「二人の大阪」「居酒屋」「虹と雪のバラード」「別れても好きな人」「愛が生まれた日」と定番が歌える。勿論、相手にもよるが。なお「虹と雪のバラード（トワエ・モア）」は札幌冬季オリンピックのテーマ・ソングである。

テーマ・ソングと言えば、アテネ夏季オリンピックの応援ソングである「栄光への架け橋（ゆず）」があるが、今や名曲の一つに数えられるであろう。日本男子体操チームの団体金メダルの感動と共に心に蘇る。

今年はリオデジャネイロの夏季オリンピックが開催される。どのような応援ソングがテレビから流れるのだろう。今から楽しみである。

英国のEU離脱について　六月二十七日（月）

英国の国民投票が始まるまでは、ＥＵ離脱に対する賛否両派の票数はほぼ拮抗していた。若干、離脱派がリードしていたようだが、女性国会議員の殺害事件を受けて、両派は運動を一時中断して哀悼の意を表した。私はこの事態を、英国民の民意の高さとして敬意を表したい。主義主張が異なる立場でも、テロに対して敢然と立ち向かう国民の気概を感じたからである。殺害された議員は残留派で、この事件で浮動票は同情票として離脱反対派に流れると見られていた。

我が国のメディアでは、残留派が勝利すると予測し、各界の識者は英国の残留を強く望むコメントを表明した。だが、それは正しい報道姿勢だったのだろうか。まず、これはＥＵの事とは言え、英国内の政治問題である。いくら世界情勢、国際経済に影響しようとも、あくまで英国民の問題であり、他国の人間が容喙《ようかい》（口出しをすること）すべき事ではない。

次に、他国の政治問題に介入するのは、明らかな内政干渉である。英国民にしてみれば、放っておいてくれ、と言いたくなるはずだ。たとえＥＵ各国でも、圧力は掛けられない。また掛けてはならない。ましてや日本はその立場ですらない。

にも拘らず、日本にとっては英国内に工場を操業させていたり、鉄道を敷設する事業を受注しようとしたりする企業がダメージを受けるという理由で、英国にＥＵ残留をして貰いたいという空気が強かった。これは言ってみれば、自分勝手な見解としか言いようがないのではなかろうか。

テレビでは、英国の国民投票の開票状況をリアルタイムで放送した。私も病院の待合室で見た。自宅を出る時に見たら、開票率はわずかだが反対派がリードしていた。登戸駅前の鰻屋（美味しかったです）のテレビを見たら、賛成派が逆転していた。病院のテレビでは開票率はかなり上がっており、二階に上がってスタッフの方々とおしゃべりしたあと、薬局のテレビでは大勢が判明していた。

私は秘かに、英国民はＥＵ離脱の道を選ぶと思っていた。案の定だった。何故そう予想したかと言うと、自分を英国民に置き換えれば明らかである。ただ、それには英国の国内事情と、それを取り巻く国際情勢、そして何よりＥＵの実態を知らなければならない。

誤解を恐れずに述べると、英国民にとって、出す物は大きく、受け取る物が少ないと言えるだろう。移民問題やＥＵへの貢献、社会保障の充実と問題が山積している。元々英国はＥＣの頃から、通貨をユーロではなくポンドを遣うべきだとして自国の利益を優先させた。自国の利益を優先させて何が悪いのだろうか？　そもそもＥＵはアメリカ合衆国に対抗する経済圏を確立する目的にあった、国際外交の切り札でもあった。ロシアを牽制するものでもあった。英国民には、もうこの辺で他国との関係より、自国内の問題に目を向けるべき時が来たと判断したのではないだろうか。

私は英国民の（苦渋の）選択を支持します。

英国について　七月四日（月）

英国のＥＵからの離脱が決定して、世間は大騒ぎである。前回、私は離脱を選択した英国民を支持すると述べた（日々雑感「英国のＥＵ離脱について」）。私自身が英国民だったら離脱を支持するとも述べた。それが正しい選択かどうかは、未来の歴史が証明することで、今論評することは慎まなければならない。

にも拘らず、日本のメディアは、英国民がＥＵとは何かを検索したり（ＥＵに関する知識に乏しかったかの如くの論述）、開票に不正があったので再投票を求める動き（国民投票の杜撰さを強調するかのような論述）等を連日報道している。

まず、英国民がＥＵについて仮に詳しく知らなかったとしても、それは英国民の問題であり、その時点で選択をしたのだから、外国の人間が嘴《くちばし》を入れることは、容喙《ようかい》とされる（日々雑感「英国のＥＵ離脱について」）。ＥＵについて詳しく知っていたら残留に投票したのにと、インタビューに答えていた英国人がカメラに映っていたが、それも英国民の責任であり、外国人が批判することは許されない。ましてや日本人が選挙の投票率（近く参議院選があるが）が驚くほど低いのにも拘らず、英国民の「無知」を批判など出来ようはずもない。

次に再投票の件だが、世の中には「一審不再理」という言葉がある。これは、一度決めたことは、二度と決め直さないという法審理上の大原則である。私はこれを大学の「法律」という一般教養で習ったが、メディアの人間なら知っていなければならない常識である。よく刑事物・法廷物のドラマでも利用される民主主義の根幹でもある。外国のメディアが軽々しく再投票を支持するが如くの論述を展開するのは、内政干渉に当たる。あってはならないことだが、それでも再投票を望む声が英国民の中にあるのであれば、まず再投票をするか否かの国民投票をするのが筋である。

英国のＥＵ離脱で、円高になり、日経平均株価は下がっている。私の投資したファンドも影響を受けている。しかし、それとこれとは別の問題なのではないか？　メディアで、日本への影響は？　とか、今後ドミノ倒し現象の起こる可能性は？　等と予測することは可能だが、あくまでヨーロッパの問題であり、英国に進出している企業は、想定外と慌てふためくのは見苦しく、このような事態を予測し得なかった己の不明を恥じるべきである。

ＥＵは以前はＥＣと言う共同体で、その前はＥＥＣ（欧州経済共同体）と呼ばれ、欧州各国の経済の発展を目的に設立された。実はその際、英国はＥＥＣに加入するかどうかの決議が遅れ、フランス大統領ド・ゴールから加入を拒否された歴史を持つ。時は流れ、経済だけでない共同体をということで（主にアメリカ合衆国とソビエト社会主義共和国連邦に対抗する目的があった）経済の「Ｅ」が一つ消えて欧州共同体（ＥＣ）となった。更にＥＵ（欧州連合）と形を変え現在に至っている。異なる民族が多様な生活をしているヨーロッパの問題を解決するための切り札ではあるが、これは諸刃の剣でもある。負担を背負わされ、受ける利益が少ないとしたならば、皆さんは残留・離脱のどちらに投票しますか？

参議院選挙　七月十一日（月）

昨日参議院選挙があり、本日全ての議席が確定されたと報道された。結果を論じる前に投票率を見てみたい。毎日新聞（我が家は毎日新聞を定期購読している）の集計によると、全国平均五四・七パーセントとなり、二〇一三年の五四・六一パーセントを上回った。投票率が上昇するのは二〇〇七年以来だが、過去四番目に低かった。国政選挙で有権者の半分ほどの投票率である。大変残念であり、メディアは英国のEU離脱の国民投票を批判することなど、とても出来ないはずである（日々雑感「英国について」）。英国の国民投票は、有権者の八〇パーセントを越えていた。英国民の意識の高さと（自国民の死活問題ゆえの）グローバリゼーションへの反発があったからだと分析出来る。

それに引き換え、我が国では「憲法改正（正しくは憲法改悪）」の争点が、経済問題に掻き消され結果が出てから、三分の二の数字が新聞紙面を覆い、テレビ画面を埋め尽くした。街頭インタビューでは「改憲に必要な議席数を知らなかった」と驚いている人々が映し出された。英国民が投票後EUとは何かを検索したことを、批判出来るのだろうか？

メディアは、この選挙が改憲に大きく関わることを、事前に知らしめただろうか。答えは否である。今回から有権者の年齢が十八歳に引き下げられたのだから、余計に注意喚起をすべきだったはずである。ちなみに私は十八歳に引き下げたことには反対である。理由は高校生に、世界の中での日本を考えるだけの知識が乏しく、多分に周囲の雰囲気で投票する傾向にあると考えるからである。それなら、勉強すればいいと盛んにテレビで某評論家が説明していたが、あの程度では何が分かると言うのだろうか。しかし、決まったことだから高校生達の意見も尊重されなければならない。同じ一票の重みがあるからだ。

投票率が半分ほどの状況は、投票しなかった者がその貴重な一票を破棄しているわけで、日本国民の民意の低さを物語っていると言われても致し方ない。

そして、改憲への動きが加速する結果が出た。自民党は憲法第9条第2項の「戦争の放棄」を削ろうとしている。一体何処からこのような考えが浮かんで来るのだろうか。「戦争の放棄」は第二次世界大戦の敗北から学んだ、我が国の拠り所とする信条ではないのか。勝つはずもない戦争に突き進んでしまった反省ゆえの第9条第2項なのである。今度はアメリカ合衆国と同盟関係だから、負けるはずもないからだと考えているとしたら、とんでもない思い違いである。合衆国も過去にベトナム戦争で手痛い敗北を喫している。更に有志連合に協力していることで、日本はテロの標的にされている。「テロには屈しない」という言葉は勇ましいが、なぜテロリズムが生まれるのかを、真摯に追求したとは思えない。テロリスト達は自分達はジハード（聖戦）を闘っていると信じているのだ。憲法が改悪されれば、このテロとの戦いの底なし沼に陥ることになるのが分からないのだろうか。それでも一部資本家や、武器輸出企業は莫大な利益を受けるし、政治家も世界の中で発言権を強く発揮できると、それだけの為に改憲を推し進めて行くだろう。最終的には、国民投票かも知れない。だがその前に、政治家はきちんと議論を尽くすべきである。今回当選した議員は特に国民の負託を重大に感じて、本当の国益とは何かを議事堂内で堂々と論じて欲しい。野次や冷やかしは不必要である。

都知事選　七月十八日（月）

全く余計なことをしてくれたものである。

何のことかって？　そう、上記のテーマである。

余計なこととは、某ジャーナリスト氏が、公示直前に立候補を表明したことである。しかも野党4党の公認を受けてである。

ご承知のように、某元大臣が与党の都議連の推薦を受けずに立候補を表明し、与党は大慌てで某元県知事を推薦した。久々の与党分裂選挙である。既に某弁護士が出馬の意向を表明しており、前回、前々回と次点の彼に追い風が吹くと期待していた。ところがである。

ここへ来て、某ジャーナリスト氏の登場である。全く余計なことをしてくれたものである。彼は本当に都知事になりたいのだろうか？　担ぎ出されたに過ぎないのではないか？

私は政治家を信用していないが、違う意味でジャーナリストをも信用していない。テレビでよく出演している（分かりやすいと言われる解説をしている）ジャーナリストも含めてである。

理由は、何度も述べているように、その語彙力の未熟さである（日々雑感「英国について」）。次に、結果が出てから論評する姿勢である。結果が出る前は、自国の立場からのみある結果に期待する論評を出し続けた（日々雑感「英国のEU離脱について」）。そして最後に、自らの政治的立場を明確にしないことが挙げられる。読者の方は、例えばあるジャーナリストの政治的信条や、支持政党を理解しているだろうか？　世の中にジャーナリストは、掃いて捨てるほど存在するが、自分の立場を明確にして論述している者がどれほどいるだろうか？　報道の自由をのみ拠り所にして、責任ある論述をしているジャーナリストが何人いるだろうか？

今回の都知事選は、私にとって、私の税金が無駄に遣われない為の選挙でもある。都民税は、はっきり言って物凄く高い。あれだけ高い都庁舎を建設したのだから（駄洒落ではない）、では充分に効率的に機能しているかと言うとそうでもない。私は西新宿の都庁を訪れてそう思った。箱物行政と言われるが、その最たる物の一つが都庁舎である。

そして、今回の都知事選で遣われる税金である。今日の時点で立候補者のポスターは十一枚しか貼られていない。掲示板の半分以上がポスターが貼られないままの状態である。ベニヤ板の掲示板と言えども金が掛かっているはずである。ポスターも貼らず、それに掛かる金を他に遣っているのなら、それはとんだ思い違いである。都内に数千箇所の掲示板が無駄になるのである。そのような立候補者は、立候補を取りやめて欲しい。立候補は納税者の権利であると言うだけの理由で、立候補をするのははっきり言って意味が無い。選挙とは有権者の一票を生かしてこその選挙であるからである。

今回の都知事選の結果を予想すると、以下になる。当選は、某ジャーナリスト氏。次点が某元県知事。某元大臣は三位に沈むだろう。これは、あくまで私の予想であり、私の期待ではない。私は既に誰に投票するかは決めている。当然ながら、私の一票も生かされて欲しいものである。

スキャンダル　七月二十五日（月）

前回、私はジャーナリストを信用していない、と記した。またしてもか、という感が拭えない。どうして、ジャーナリストという人種は、身辺を浄くしておくことが苦手なのだろうか。スキャンダルの内容は、病院の待合室にもある、某週刊誌に詳しく報じられているから、ここでは触れない。

問題は、このようなスキャンダルを抱えた人物が、東京都知事選に立候補していることである。この事態は既に事前調査に影響している。私は前回の稿で当選予想をしたが、トップと予想したジャーナリスト氏は第三位に沈んでいる。当たり前だろう。クリーンなイメージを持つ人物を都知事にと願う都民は、二度までも裏切られているのだから。前都知事も、元都知事も、任期半ばで辞職している。どちらも、形の違うスキャンダルでである。従って、都民の大半は、政治的手腕や、人脈、支持母体よりも、「この人なら、悪いことはしないだろう」という観点から、候補者を選ぶはずである。これは誤解を恐れずに言えば、極めてレベルの低い選挙の争点と言える。そうさせたのは、都民ではなく二人の辞職した都知事であり、今回の立候補者である。実は、過去に前前前任の都知事は任期半ばで、国政選挙に立候補する為、やはり辞職している。その為に選挙があり、都民の税金が遣われているのだ。国会議員になりたいから都知事を辞めるなど、どう考えても納得できなかった（今もである）。

あと一週間で都民の審判が下るのだが、どれだけの投票率が残るのだろう。五〇パーセントを越える程度なら、残念ながら都民の民度は低いと言わざるを得ない。六〇パーセントは越えて欲しいものである。どの立候補者も魅力を感じないからという理由で投票を棄権することは、投票の権利を放棄することに他ならない。よく、投票しない権利を言う向きもあるが、それは間違っている。投票は納税者の権利であると共に、形を変えた義務だからである。選挙権が十八歳に引き下げられたが、彼等は税金を納めていない（消費税は関係ない）。そういう高校生を含む若者が、自分が納める税金の遣われ方をイメージすることは難しいだろう。私が選挙権の年齢引き下げに反対なのは、このような側面を持つからだ。選挙とは、税金の有効な遣われ方を問う方法の一つなのである。

先日、病院に診察で訪れた際、スタッフに三週間分の日々雑感をお渡しした時、「今日はどこですか？」と訊かれて驚いた。「三週に一回の呑み会ってありましたね」。恐れ入りました。当日は、それまでの登戸ではなく、溝の口でした。三週間後は私の旅行のため診察日を替えて頂きました。従って呑み会がどうなるのか分かりません。

何れにせよ、次回の診察の時には新都知事が決まっていることになるのです。

都知事選結果　八月一日（月）

都知事選の結果が出た。

私は予想をしていたが（日々雑感「都知事選」）、見事に外れた。元大臣が二百九十一万二千六百二十八票で当選。元県知事が百七十九万三千四百五十三票で次点。某ジャーナリスト氏が百三十四万六千百三票で第三位。投票率は五九・七九パーセント。前回は四六・一六パーセント。かろうじて五〇パーセントを越えたが、せめて六〇パーセントを上回って欲しかった。四〇・二一パーセントの東京都民（納税者）は何をしていたのだろう？　もし高校生が興味関心が無いから、若しくは遊びに行くので棄権していたら、やはり選挙権の引き下げは誤りだったと断じざるを得ない。

得票数から見るに、元大臣の圧勝である。某ジャーナリスト氏のスキャンダルなど関係無いほどの票差が出た。これには私自身の不明を恥じ入ります。私が誰に投票したかは最後まで明らかにしなかったが、お分かりだろうか。

東京都は、四年後にオリンピック、パラリンピックを迎える。新知事には、その四年間を都税を無駄にせず公約の実現を目指して頂きたい。公約の中には、修正を強いられるものもあるはずで、納税者に納得できる説明責任も果たして頂きたい。

予算が当初の三倍に膨らんでしまった五輪の開催そのものも、部分的には縮小せざるを得ないかも知れない。企業の後援も大きいが、その大半が私のような東京都民の税金で賄われる事実を、どれだけの方々に理解して頂いているのだろうか？　国からの支援も私達東京都民の納める国税である。勿論、神奈川県民も埼玉県民も千葉県民も納める国税である。

国民には納税の義務があり、投票の権利がある、と言われている。前にも述べたようにそれを私は投票の義務と置き換えたい。では、棄権の権利がある、と思われがちだが、それは誤りである（日々雑感「スキャンダル」）。都政にせよ（地方行政）、国政にせよ自らが選んだ議員（または知事）と共に政治に関心を持っていかなければ、この国は危うい状態に置かれるようになるだろう。色々な事が決まってしまってから、知らなかったでは済まされない。

一昔前に国民総背番号制なるものが、成立直前まで行ったことがある。その際、個人のプライバシーを侵害する、また国による国民への統制として、この制度は成立しなかった。戦前の悪しき日本の制度を思い起こさせた点も見逃せなかった。ところが、現在マイナンバー制が導入され、いつの間にか国民は国によって管理されている。国民総背番号制の焼き直しに過ぎないマイナンバー制が、大きな反対もなく制度化されたのには、幾つかの理由があるが、大きなものを一つだけ挙げれば、様々な面で便利になると言われたことであろう。便利イコール平和では無いのにである。

新都知事には、そのような都民を苦しめる政策ではなく、広く都民の納得のいく政策の実現を期待します。

リオデジャネイロ・オリンピック　八月八日（月）

いよいよリオデジャネイロ・オリンピックが開催された。

開会式前日の男子サッカーは無様な結果に終わったが（他に形容の仕様が無いので、関係者には失礼だが）、開会式後の競泳では400メートル個人メドレーで一、三位を取る快挙を達成した（本当はワン・ツー・フィニッシュが望ましかったが）。この稿を打つまでに、日本のメダル獲得数は、金1、銀0、銅4である。

女子卓球では、有力選手がまさかの敗退を喫し、男子体操予選では世界チャンピオンが鉄棒からの落下という、信じられない出来事が続いている。オリンピックは何が起こるか分からない、と言われるが、選手や指導者はそれを言い訳にして欲しくない。今後の巻き返しに期待する。さてここで気になるのが、男女柔道である。三階級終わったところで、金メダルが獲れていない。日本のお家芸なのにである。金でなければ国民に納得されない競技である。

民主党政権時代、事業仕分けなるものがあった。その時、女性議員から「一位でなければ駄目なんですか？　二位や三位じゃ駄目なんですか？」と言う質問があって話題となった。確かに、例えば国際学力調査などは一位である必要は更々無い（文部科学省は、この順位を引き上げようと躍起になっているが）。

しかし、柔道は日本の国技であり、前回の東京オリンピック（一九六四年）から競技に取り入れられた種目である。当然、金メダルを要求される。それを、銅メダルの獲得選手が謝罪した件で「謝罪の言葉は要らない」という役員の発言は、首を傾げたくなる。選手（文字通り、選ばれし者）は国民の大きな期待を背負って、日の丸を胸に闘う以上、全てに勝つことが求められるはずである。全てとは、相手選手、相手国の戦略、相手国の日本研究、金メダルへのプレッシャー、会場の雰囲気、そして己自身である。

私は高校時代、柔道を授業で習った経験がある。私の高校は「柔道」と言う授業が一年通して、三年間あった。従って、中学校で体育の格技として習った方々よりは、柔道と言うものを深く理解しているつもりである。よく「礼で始まり、礼で終わる」と言われるが（そこは勿論大切だが）、勝負は全力で相手を倒すことに尽きる。柔道の先生の言葉が思い出される。「柔道は、相手を投げ倒す、絞め殺す、その為にある武術である」。私は高校生の時、勝ち抜き試合で、如何に同級生を倒すかを考え、自分なりの複合技を開発し一本を取った経験を持つ。

私が言いたいのは、スポーツは勝ち負け（時に引き分けもある）があり、順位がはっきり分かるもので、一位でなければならない競技もあるということだ。「柔道はお家芸では無くなった、国際的な競技なのだ」と言う役員の発言も理解に苦しむ。それは、はっきり言って負けた言い訳にもならない。誤解を恐れずに言えば、「投げ倒し、絞め殺す」競技である柔道で、一回負ければ「相手に殺された」ことになるではないか。つまり本来、柔道は負けたらお仕舞いの競技なのである。金メダルを獲れない選手は、相手が強かったのではなく、自分が弱かったと思い知るべきで、指導者達も己の不明を恥じ、それまでの指導方法と指導課程を猛省すべきである（過去に暴力事件があったのをご記憶だろうか？）。柔道で幾つ金メダルを獲れるか、後半戦に期待したい。

終戦記念日　八月十五日（月）

正しくは「敗戦記念日」と呼ぶべきだろう。

しかし長く厳しい戦争が終わって、さあこれから平和な社会を目指そうとした、当時の日本人は「戦争が終わった日」として位置付けたのだろう。

確かに戦争は終わった。しかしそれは負けて終わった戦争なのである。住民の大半を巻き込む悲劇を生んだ沖縄戦や、各都市への徹底的な空襲、広島・長崎への原爆投下、その前に占領地区での現地の方々をも犠牲にした地上戦（フィリピンのマニラ市街戦等）というように、非戦闘員たる一般市民が命を落とす悲惨な戦争であったことをまず指摘しておきたい。そのような戦争が終わったことは、ある意味では良かったと言う向きもあるはずだ。確かに玉音放送（昭和天皇のポツダム宣言受諾の言葉）を聴いて、これからは今までのような社会ではなくなる、と早くも我が国の進むべき道を模索しようとした方々もおられた。しかし聞くところによると、玉音放送を聴いて、日本は勝ったと勘違いして喜ぶ市民もいたと言う。国民の大半が正座をして、或いは直立不動でラジオの前にいたと言う。この光景は写真や映像で今も見ることが出来る。正午に重大放送があると、繰り返しアナウンスがあったと言う。この玉音放送は前日（八月十四日）天皇がＮＨＫの技師の前で録音したもので、そのレコード（当時は録音盤と呼んだ）は放送協会の金庫に仕舞われていた。録音までの経緯は大宅壮一氏編の名著『日本のいちばん長い日』に詳しい。

問題は、このような結果に至るまでの日本の戦争指導者達の責任である。昭和二十年八月に入った時点で、ポツダム宣言を受諾していれば、間違いなく原爆投下は無かったはずである。日本本土で敵の上陸を阻止するという、空想めいた戦略を生んだ軍部の「罪」は大きい。その前の沖縄戦で、学生・一般市民を集団自決させた軍指導部の「罪」も重い。私はこの稿で「責任」と呼ばずに「罪」と述べた。軍人は、須《すべから》く国家を勝利に導くべく己の命と、上官であれば部下の命を掛ける。戦前の日本の陸・海軍の軍人は「国家を勝利に導く」根本的な戦略に欠陥がある事を認めようとしなかった。

そもそも、当時アメリカ合衆国に戦って勝てると、本気で信じていた軍人が大半だったとするならば、その時点で日本の負けは明らかである。これは結果論ではない。時の合衆国大統領Ｆ・ルーズベルトは日本に先制攻撃をさせるように指示していた。原則主義者

（譲歩や妥協を認めない考え方）で知られる国務長官ハルは日本への禁輸や資産凍結によって、外交的に日本を追い詰めた。これらは、最近公開された国務省の極秘文書でも明らかにされている（五十年、六十年、七十年後の極秘文書の公開）。ルーズベルトはヨーロッパへの参戦（対ドイツ戦）に消極的な世論を一転させるためには日本を悪者にしようとしたのである。結果は日本の真珠湾攻撃となり（しかも宣戦布告前の奇襲）、「ジャップめ、リメンバー・パールハーバーだ！」と世論を味方に付けた。

この対米開戦に至る当時の首相・近衛文麿と聯合艦隊司令長官の山本五十六大将の会談は映画「トラ・トラ・トラ」にも描かれていたが、海軍の見込みを訊かれた山本長官は「半年や一年は存分に暴れて見せますが、その先になると（二年三年と長引けば）保証できません」と応えている。映画では、山本長官が合衆国の国力（特に工業力）の強さを認識していたと評価する描き方だった。

しかし、ここで山本長官は近衛首相に「海軍は戦えば負ける（少なくとも勝てない）」と言うべきであったと浅野裕一氏は『「孫子」を読む』で述べられている。山本長官の発言の前半部分（半年や一年または一年半は存分に暴れて見せる）は要らざる前置きで、問題は戦争全体の帰結が勝利か敗北かの一点にのみある、とされ、であるならば海軍の代表

郵 便 は が き

料金受取人払郵便

新宿局承認

2524

差出有効期間
2025年3月
31日まで
(切手不要)

1 6 0-8 7 9 1

1 4 1

東京都新宿区新宿1－10－1

(株)文芸社

愛読者カード係 行

ふりがな お名前		明治　大正 昭和　平成　　年生　歳	
ふりがな ご住所	□□□-□□□□	性別 男・女	
お電話 番　号	(書籍ご注文の際に必要です)	ご職業	
E-mail			
ご購読雑誌(複数可)		ご購読新聞 新聞	

最近読んでおもしろかった本や今後、とりあげてほしいテーマをお教えください。

ご自分の研究成果や経験、お考え等を出版してみたいというお気持ちはありますか。

ある　　ない　　内容・テーマ(　　　　)

現在完成した作品をお持ちですか。

ある　　ない　　ジャンル・原稿量(　　　　)

書　名			
お買上 書　店	都道　　　市区 府県　　　郡	書店名	書店
		ご購入日	年　月　日

本書をどこでお知りになりましたか?

1.書店店頭　2.知人にすすめられて　3.インターネット(サイト名　　)

4.DMハガキ　5.広告、記事を見て(新聞、雑誌名　　)

上の質問に関連して、ご購入の決め手となったのは?

1.タイトル　2.著者　3.内容　4.カバーデザイン　5.帯

その他ご自由にお書きください。

(　　)

本書についてのご意見、ご感想をお聞かせください。

①内容について

②カバー、タイトル、帯について

弊社Webサイトからもご意見、ご感想をお寄せいただけます。

ご協力ありがとうございました。

※お寄せいただいたご意見、ご感想は新聞広告等で匿名にて使わせていただくことがあります。

※お客様の個人情報は、小社からの連絡のみに使用します。社外に提供することは一切ありません。

■書籍のご注文は、お近くの書店または、ブックサービス(0120-29-9625)、セブンネットショッピング(http://7net.omni7.jp/)にお申し込み下さい。

として、はっきり勝てないと意見を具申すべきだった、とされている。また、このような曖昧な（勝てるかも知れないと思わせる）物言いとそれを更に詰めない近衛首相の態度では、とても一国の命運をかける廟算《びょうさん》（戦う前の机上の勝敗を図ること）に値せず、日本の敗北はこの時点で明らかであると論じられている。この本（『「孫子」を読む』）は孫子がいかに廟算を重んじ、もし勝てないのであれば戦わないことを良しとする、兵法の極意の一つとして紹介されている。

では、当時の日本の指導者はどうすれば良かったのか。氏は、中国・仏印からの撤兵を含む大胆な外交戦略にこそ活路を見出すべきであったと断じられている。歴史に「もしも」を考えるのは意味が無い、と従来（特に我が国では）考えられていたが、実は欧米では歴史は人間の経験に基礎を置いている「後験科学」の一つでｉｆを研究することで、歴史をより深くまた未来をより明らかにするものとして、重要視されている。これは、松村劭氏の『戦争論』に述べられている。我が国の最近の歴史学にも、ようやく取り入れられるようになった。例えばＮＨＫの「英雄たちの選択」では、この「もしも」をテーマに識者達が論じ合っている。

仮に対米戦を避けるべく外交努力を行い、特に陸軍の不満を押さえつけ、合衆国の妥協を引き出せたかどうかは、判断の異なるところである。一方、当時の全体主義が国民にとって幸せであるとは、到底思えない。言論は厳しく統制され、反対運動家は即投獄、市民は隣組に日常を監視された社会が永く続くとしたら、現在の少なくとも民主主義の国家とは異なるものになっていたに違いない。

戦前生まれの方の中には、「負けて良かった」と思っていらっしゃる方もおられるだろう。それは現在の社会の繁栄を見て、戦前・戦中の悲惨な時代を経ての今を生きられた上での御感想だろう。私の母も時折そう口にする。しかし、負けて良い戦争などあるものなのか？　それでは少なくとも非戦闘員にも拘らず命を落とした方々や、今も後遺症で苦しむ被爆一世、二世、三世の方々に何と説明すれば良いのか。

では、どこで日本は道を踏み間違えたのだろうか？　よく言われるのは一九三二年の満州国建国は欺瞞であるとのリットン調査団の報告の時点、一九三七年の蘆溝橋事件の時点、一九四〇年の日独伊三国同盟締結の時点が日本のターニング・ポイントだったとされる。その前の一九三一年の柳条湖事件（私の世代は満州事変と教わった）の時点でも、軍部の独走を押さえられる政治家がいただろうか。答えは否である。最後のポイントは、一九四一年十二月一日の対米（英蘭）開戦を決する御前会議である。

もし、昭和天皇が「米国相手に絶対に戦争をしてはならない」と言っていたら、その後の日本の歴史は大きく変わっていたはずである。戦後、天皇の戦争責任が問われたのはここにある。「天皇は陸海軍を統帥す」と明治憲法（大日本帝国憲法）に明記されている。既に中国との戦争は泥沼化していた。軍主脳部がこの長期戦を収束することのみ全力を尽くしていれば（中国大陸からの撤兵）、やはり歴史は変わっていただろう。問題はそのような現実的な（当時からすると非国民と言われるような）考え方が、軍首脳部に出来たかどうかである。その意味でも、軍主脳部の「罪」は重い。

リオデジャネイロ・オリンピック閉幕　八月二十二日（月）

リオデジャネイロ・オリンピックが閉幕した。

日本のメダル獲得数は、金12、銀8、銅21、総数41個だった。

特筆すべきものとして、バドミントン女子ダブルスの金と、体操男子団体の金、レスリング女子58キロ級の金（五輪4連覇）、そして陸上男子400メートル・リレーの銀が挙げられる。特にリレーは四名共に100メートルを10秒台の記録しか持たず、9秒台がいる米国等を押さえての、文字通り世界第二位という偉業を達成した。この点は陸上競技史上に残る快挙と言えよう。これは、メダルを授与された後で、世界各国のメディアが、ジャマイカの選手達と同じくらい日本の四人にインタビューしていた映像でも分かる。「何故勝てたのか?」世界は知らない。勿論日本人なら、答えを知っている。そう、バトン・パス・ワークである。殆どの国が、オーバーハンド・パスで臨んだ決勝で、日本はアンダーハンド・パスでバトンを繋《つな》いだ。ジャマイカの世界記録保持者は、身体を半身に反らせて第三走者からのバトンを受け取っている。私達は（少なくとも私の年代は）学校の体育の授業で、オーバーハンド・パスを教わった。従って、前走者を見ること無くバトンを受け取ることが出来る。故にジャマイカの選手のような（他の国にもあったが）後ろを向くことに違和感を覚えるのである。それが、時が流れアンダーハンド・パスが開発され、日本を始め幾つかの国がリスクの大きいパス・ワークを採用している。ハイリスク・ハイリターンで挑んだのだ。今回でも、決勝での失格が二国あったことからも、リレーに於けるパス・ワークの重要性が分かろうと言うものである。

次に挙げたいのは、バドミントン女子ダブルスでの第3ゲームである。彼女達は16対19

でリードされてからの、5連続ポイントで優勝した。絶体絶命と思えた場面で、彼女達は冷静に大胆且つ繊細にプレイをして日本バドミントン史上に、その名を刻んだ（本当におめでとう）。更に、体操男子団体の金は、予選でのまさかの失敗（日々雑感「リオデジャネイロ・オリンピック」）が続く中、きちんと立て直してそれぞれが得意種目で最高の演技をして見せた。体操日本は世代交代を上手に乗り越えているという印象を受けた。レスリング女子58キロ級は、オリンピック4連覇の偉業を、残り10秒を切る中での大逆転で成し遂げた。4連覇を達成した選手は、女子には無く、他の競技で一人か二人であると言う。それだけ世界からマークされ、戦術も研究され尽くしていたにも拘らずの勝利である。翌日の53キロ級の同じく4連覇の懸かった選手が、終盤逆転されるということから見ても（特に格闘競技に於いて）、勝ち続けることがどれほど難しいかが分かる。

前前回話題に出した柔道だが、男子は全ての階級でメダルを獲得し、女子も1個金を取り、柔道本家の面目を（辛うじて）保った。メディアでは新監督の下、「柔道」から「JUDO」へと変貌を遂げたと評価していたが、果たしてそうであろうか？　気になるのは銀の少なさである。銅は敗者復活戦（実に不思議な制度である）で、勝ち上がって掴むものだ。と言うことは一回負けているのだ（日々雑感「リオデジャネイロ・オリンピック」）。

格闘技の場合、本来その時点での敗退の訳で、謂わば救済措置で掴んだメダルであると言える（勿論、価値は高い。手ぶらで帰る訳にはいかないと、複数の選手が口にしている）。それに対して銀メダルは、世界の頂点を決する闘いが出来るたった二人の内の一人に与えられるものだ。格闘技の特性からして、あくまでもメダルの色に拘《こだわ》らなければ、東京大会で苦い想いをしかねないと明記しておく。

故人曰く「勝って兜《かぶと》の緒を締めよ」と。

解　散　八月二十九日（月）

リオデジャネイロ・オリンピックで陰に霞んだ感があるが、もし世界のビッグ・イベントが無かったら、メディアは大騒ぎで連日画面と紙面（誌面も）を埋め尽くしていたろう。それが、ＳＭＡＰの年明け解散騒動である。

まず私に言わせれば、今回の解散宣言は当然の帰結であり、それほど驚くには当たらないということである。それは、一月の騒動の際の（少なくとも私には）意味不明の謝罪会見の映像でも明らかである。一体、誰に対する謝罪なのか？　ファンに謝罪する必要など、私は感じなかった。明らかに事務所の圧力による会見で、本来五人の中心に立つべきリーダーが端に立ち、事務所に残る選択をしたメンバーが真ん中に立っていた。私はあの場面を違和感無く視聴した人がいたとは到底思えない。最終的な話し合いがどのように進行したかは兎も角、事務所からの離脱を表明していた四人の表情は、文字通り口惜しさを滲《にじ》ませていた。

私は、「いい大人が話し合って決めたことだから」と考えている。従って、当時の騒動の終結には、はっきり言ってがっかりした。大人が一度決めた事を覆《くつがえ》すのは、「大人」のすることではない。事務所からの離脱を表明した以上、四人は最後まで初志貫徹すべきであったと思う。

元の鞘に納まったとして、メディアは肯定的な論述を展開した。しかし、「元の鞘」に納まってはいなかった。それは、この約半年間で明らかであったのではないか？　読者の皆さんは五人が揃って活動したシーンを御覧になったでしょうか？　答えは否である。見方を変えれば、あれだけの騒動を引き起こして、七ヶ月経ってやっぱり解散しますでは、余りに幼いと言わざるを得ない。芸能人は、その特殊な世界に生きる故《ゆえ》か、常識が無いと言えるだろう。本来、芸能人であろうとも、一人の人間として、何を大切にして生きるかを考えるべきである。彼等のように「社会的影響」力を持つ者なら、尚更《なおさら》である。繰り返しになるが、芸能人に過ぎない彼等に「社会的責任」等は無い。「社会的責任」を持つのは、政治家とジャーナリストである。

オリンピックの日本人選手のメダル・ラッシュ（メダル獲得者には心から祝福します）で国中が興奮した中で、SMAPの解散は片隅に追いやられた。それが良かったかどうかは、ファンが判断することだろう。私はファンではないので、このように辛口の論述（公平であるよう心掛けているつもり）をしているが、過去の有名グループの解散を見て来たので（ザ・ビートルズ、キャンディーズ、ピンク・レディー、イエロー・マジック・オーケストラ等）、何とも拙《まず》い解散だと明記しておく。また、四人が事務所を離れる時も、そう遠く無いこともここに記しておく。

「世界に一つだけの花」のように、名曲にも恵まれた彼等だが、初めの頃はまるで芽が出なかったと言う。これからは、一人一人が自分の実力のみで勝負して行くことになる。彼等の本当の実力は、これから発揮されることになるだろう。

検証　九月五日（月）

リオデジャネイロ・オリンピックが閉幕し、メディアではメダリスト達の「秘話」が語られ、何故勝利出来たかを解説している。メディアはそれで良いかも知れないが、各競技団体は、「何故負けたのか（勝てなかったか）」の検証をしているはずである。また、しなければならない。四年後の東京大会に向けて、何処をどう強化するかを責任を持ってして頂きたい。強化予算はあくまで我々の税金で賄われている。国民は、金メダルを欲するのは当然のことで、選手も選ばれし者である以上、国民の期待に誠心誠意応えなければならない。リオデジャネイロ大会では、メダル獲得数は目標数に達していなかったと言う。

勝つ為の戦略は、直近《ちょっきん》（一番最近）の戦場にその答えがあると言う。しかし、ダグラス・マッカーサー元帥（元GHQ最高司令官）は「戦場の煙がいまだ消えないような戦史のみを見て、明日の戦術を考える者は勝利を失う。埃にまみれた古代戦史から歴史をたどって考えるのが、戦術を知る唯一の方法である」と名言を残している（松村劭氏『戦争学』より引用)。より良い戦術を得るには戦いの歴史に学ばなければならない。この場合、戦術とは闘いの場での駆け引きを言い、戦略とは闘いの場までの準備を言う。

オリンピックも元はと言えば、古代、国と国との戦争の代わりに、戦士が一対一で闘う事から始まった(古代オリンピック)と言う。近代オリンピックは、古代オリンピックを手本にして、スポーツ全般を通して技術を競う事を主眼としている。であるならば、勝つ為には如何《いか》に準備するかを研究するのは、理の当然である。その為には、まずリオデジャネイロ大会の幾つもの敗因を、それぞれの競技団体の指導者、監督、コーチ、いるならばゼネラル・マネージャー、そして選手当人が、「相手が強かった」では無く、「自分達が弱かった」原因を追及しなければならない(たとえどんなに不愉快な作業でも)。

言うまでもなく東京大会は四年後である。この四年を、長いと捉えるか短いと捉えるかは意見の分かれる所だが、折角の東京大会を文字通り成功裏に終わらせるには、史上最高のメダル獲得数と、これがより重要だが、史上最高の金メダルを獲得することである。

検証とは、公平且つ厳粛でなければならない。見込みとか、期待とかが入り込む余地は無い。仮に「弱かった」原因が明らかになれば、その点を克服する途《みち》を探ることとなる。そして「強者」を倒す方法を開発するのである。普通、「弱者」は「強者」を倒すことは出来ない。そこを「工夫」することが肝心で、これは実際の世界の戦争史でも日本の戦国史でも同様だった。

例えば、当時無敵のナポレオンがロシア遠征に失敗したのも、ロシア軍のクツゾフ元帥の焦土戦略が功を奏したと言える（フランス軍が冬の衣服を持参していなかったのは敗因の一部でしかない）。この焦土戦略は文字通り祖国を焦土としながら退却を重ね、フランス軍の補給路を断つという凄まじい戦略である。一方、日本の戦国史では、第二次上田合戦を挙げておく（ＮＨＫの「真田丸」でもうすぐ放映される）。味方の何倍もの軍勢（徳川秀忠を大将とする精鋭）を籠城戦で勝ち抜いた真田安房守と信繁（幸村）の戦略は、上田城の特徴を充分に利用した合理的な「負けない」戦い方だったとされる。

そして、肝心な点はどちらも得意技を持っていたことである。ロシア軍は兵力を温存しある一点で戦場に投入したこと。真田親子は必要に応じて城から打って出る（捨て身ではなく）ことで、城の構造上徳川軍が少なくならざるを得ない場所で打ち負かしたことである。どちらも、理に適《かな》った戦略・戦術・戦法（得意技）であると言える。

来たるべく東京大会では、各競技団体の理に適った戦略・戦術・戦法が見られることに期待したい。

ハローワーク　九月十二日（月）

新宿区のハローワークは新宿駅西口、小田急ハルクの向かいにあるエル・タワーの二十三階にある。

私は、スタッフの助言に従って、月に一度はこのハローワークに赴いている。初めて訪れた時は、何とも贅沢な場所に（高さに）あるなと感じた。エレベーターを待つ時に二十三階のフロアからの眺めは、なかなかのもので、自分が職探しをしている事を一瞬忘れてしまいそうになった。三ヶ月ほど通っていれば、失業手当が貰えるかも知れないとのことだったが、そうは問屋が卸さなかった（公務員が退職した場合、他の職種の方より条件が厳しいらしい）。そこで、パソコンに向かって真面目に検索をしてみた。今は何処でもこうなのかも知れないが、パソコンがずらりと並び、求職者が黙々と検索をしている。私も、何回かこの作業をして来た。年齢を打ち込み、パートタイム、資格・技能と職種を打ち込むと、何と百件以上の求人がある事が分かった。その大半が、保育園・幼稚園・小学校での学童保育の仕事だった。待機児童の問題がここにも現れているなと思った。私は、幼稚園・小学校の教員免許が無いので、これらの求人に応えることが出来ない。こうして、一月《ひとつき》が経ち二月《ふたつき》が経ち、これはと思う求人を見つけた。それは（主に外国人向けの）日本語教育の講師の仕事である。他の職より時給がえらく良い。しかし、私は日本語指導の経験が無い。国語科指導とは対象者が違う。条件に何百時間以上の経験必須とある。大変興味を持った（外国人に教えてみたかった）が、諦めた。

次に目を留めたのが、私立高校の学校図書館の求人だった。その私立高校は、私が現役の頃何人か卒業生を送った所で、自宅から一時間以内のはずである。しかし、火・木・土の勤務で（これ自体は問題無いのだが）、書類郵送八月二十日（土）必着ということで、ハローワークのスタッフの方に電話をして頂いたところ、最終選考に入っているとのことであった。

気落ちした私は、九月二日（金）に再びエル・タワーを昇った。以前と同じ条件でパソコンで検索を掛けたら、都立高校の学校図書館に司書を派遣する業務の会社の求人を見付けた。私はその求人票をプリント・アウトしパソコンの画面をスタートに戻し、相談窓口の順番待ちの札を取った。やがて私の番号が呼ばれ、スタッフの方に求人票をお見せした。

スタッフの方は私のデータを持っており（一番最初に訪れた際に記入提出していた）、その場で会社に電話して下さった。電話口での遣り取りを聞いていると、複数の都立高校に勤務が可能か、フルタイムは可能か、ということなので総てにＹＥＳの合図を送り、面接の運びとなった。日時は九月六日（火）十時である。ハローワークからの紹介状をその場でプリントアウトして頂き、必要な書類の書式を教えて頂いた。

履歴書は、東京都教員採用試験の面接の際に書いて以来だと思う（公務員は転勤しても個人の職歴は付いて廻るものです）。そして、生まれて初めて職務経歴書なる物をこのパソコンで打った（私のパソコンはシャープのメビウスで WINDOWS XP 搭載）。勿論「一太郎」で作成した。リワークで折角「ワード」を習得したが、どうしても使い慣れた「一太郎」の方が素早く打てるし、より正確なのである。

履歴書の方は、手書きで（枠は「一太郎」で線を引いた）写真を添付した。かなり興味深い書類になった。何故《なぜ》だって？　それは何処《どこ》に出しても可笑《おか》しくはない内容と、手書きが物語る私の能力を示す物だったからです。自慢に聞こえるかも知れませんが、大学時代、何百枚も臨書（手本を写す）した経験が、ここで生きることとなったのです（日々雑感「カーペンターズ」）。私が本気を出して書いた物は（魂を込めて書くので）、大抵の人を唸《うな》らせます（これは本当の事です）。

職歴書の方は、別の意味合いから同じく興味深い書類となった。ただ、これは生まれて初めて作る物なので、完成した書式を読み直し、「給食主任」と打つべき所を「求職主任」にしてしまった。まあ、パソコンの良い所は、間違えた所だけを直せば済むので、相手（会社）はある程度パソコンが使いこなせる者として見て貰える利点がある。これは、ハローワークのスタッフの方が仰っていたことだから、間違いあるまい。

さて、二種類の書類を準備して、ハローワークの紹介状も大判の封筒に入れ、万が一必要になるかも知れないので、司書資格、司書教諭資格、教員免許状（国語科1級中学校、国語科2級高等学校、書道科2級高等学校）を我が家の耐火性金庫から引っ張り出して、総てを書類鞄（お洒落なイタリアの革製）に入れた。そして、九月六日（火）八時十五分過ぎに自宅を出発した。残暑厳しい中を、夏用のスーツ（京王デパート製オーダーメイドの古い物）に身を包み、アルマーニのネクタイをダンヒルのタイピンで留め、靴はバリーのスリッポン。リワークに通っていた頃は、ホーキンス製の歩き易い物だったが（耐水性もあった）、卒業してからはなるべくこの革靴にしている。何故《なぜ》か？　正にこの日のためにである。勿論、このような経過を辿《たど》るとは、私すら予想していなかった。本来なら、主治医の先生や、スタッフに相談してからの方が良いはずなのだが。従って、事後報告となります。夏服の勝負服を着込んで四ツ谷駅から地下鉄丸ノ内線の霞ケ関駅で乗り換え、日比谷線で北千住まで行き、そこから東武スカイツリー線で西新井駅で乗り換え、目的地の大師前駅に着いた。準備万端だと思っていたら、筆記用具をスーツに挿すのを忘れていた。駅から大分歩いた所にドラッグストアがあったので、一番安いペンを購入した。これで、あとは会社のインターホンを押すだけである。

緊迫の面接場面は、次回に譲ります。

面　接　九月十九日（月）

九月六日火曜日、私は足立区の大師前駅を降りた。

ドラッグストアで購入したボールペンをスーツの内ポケットに挿し、目指す会社のビルのインターホンを押した。約束の時間の五分前だった。応答の声があり、やがてガラスドアが開いた。若い男性が中に招じ入れて下さった。玄関は段差があり、スリッパを出して下さった。私は革靴（バリーのスリッポン）をきちんと揃えて、男性の後に続いた。一階は周囲に段ボール箱が積み上げられた部屋で、中央に大きなテーブルがあり、その周りに椅子が数脚あった。会議室のような雰囲気だった。

男性は部屋のエアコンを付け、私に椅子を勧めて下さった。そこへ女性が現れ、テーブルの反対側に男性と共に座られた。

私は、書類鞄（イタリアの革製）から、まずハローワークの紹介状を取り出し、相手に渡した。次に履歴書（手書きで顔写真貼付）を渡した。相手の男性は「学校の先生をしていらしたんですか」と、私の履歴を見て少し感心したように言われた。次に職務経歴書を渡した。この会社は、職務経歴書は特に必要ではなかったが、パソコンが出来るというアピールになるので、駄目押しのつもりで出したのである。男性は甚《いた》く感じいったようで、書類を隣の女性に手渡した。多分、私の教員免許状の種類に感心されたのだろう。「綺麗な字ですね。私にはとても書けません」と感想を漏らされた。

持つべきものは技能である。一枚の手書きの履歴書で、相手に私の職能が印象付けられたのであるから。私のペン字の美しさは（自分で言うのも何だが）、大学時代の研鑽《けんさん》の賜《たまもの》である。

面接は、私の住所が話題の中心になった。私が都内の何処《どこ》にでも通勤可能であることが会社には大きかったようだ。私がハローワークで検索した際、就業場所が「都内の都立高校（品川区）（大田区の間違い！）「雑色駅」、大田区西蒲田のいずれか」とあったのだが、どうやら他の高校にも欠員があるようだった。まず、木曜日と金曜日の勤務は可能かと訊かれて、出来ますと応えた。その高校は定時制のある高校で、定時のシフトになるが（具体的には十二時二十分から二十一時五十分）と言われ、出来ますと応えた。その高校は墨田区立花にある高校だということだった。その他に、月曜日は江戸川区にある高校、火曜日は同じく江戸川区内の別の高校も勤務出来ることを確認した。途中からもう一人男性が面接に加わり（その方からは名刺を頂いた）、我々（司書）は生徒指導をする立場では無いと言われた。

十月から本格勤務になるが、研修として九月中に幾つかの高校で司書の仕事を経験することとなった。そして胸部X線の診断書（結核でない証明）を領収書と共に提出するよう指示を受けて面接は終わった。近い内に日時と場所の電話連絡をするとのことで私は会社を出た。面接は四十分ほどだった。

教員採用試験の二次試験で、個人面接と集団面接をやって以来、就職に関する面接は初めてだったので（新しい勤務校での校長面接はあったが、これは厳密な意味での採用試験では無い）、快い緊張感を持って臨むことが出来た。まあ、学校図書館司書なら、絶対の自信があったのは確かなことではあるが。

研修　九月二十六日（月）

九月十三日火曜日、私はＪＲ総武線新小岩駅に降り立った。

研修の始まりである。江戸川区の高校に行くべく、会社の方（若い男性の方）と待ち合わせしていた。高校はバスに乗った方が早いとの事、バス賃は支給されるので（当然、其《そ》処《こ》までの交通費も）、利用するようにと言われた。

学校は、新小岩駅前から三つ目で、バス停から程《ほど》無くの所にあった。私は例のイタリアの革製の鞄に上履きを入れており、高校の玄関でそれを出して履き替えた。図書室は一階にあった。たまたま定時制担当の方とバスが一緒で、その方と会社の方と三人で図書室に入った。

学校は進学校で、他の高校の図書室には無い所謂《いわゆる》「赤本」がずらりと書棚に配架されていた。「赤本」とは大学別の過去問題集である。当日は文化祭の振り替え休業日で、全日制の生徒はいなかった。

十四日水曜日は、都営地下鉄篠崎駅に降り立った。

そして江戸川区にある学校に赴いた。ここもバスで行かなければならない（不便な）場所にある。私は昨日と同じ上履きに履き替えて、二階の図書室に向かった。此処《ここ》は全日制のみで、司書の方の言うには、図書室を相談室代わりにしたり、自分の居場所を求めて来室する生徒がいるらしい。

二十日火曜日は、京浜急行雑色《ぞうしき》駅に降りた。

大田区の学校に行く為である。此処まで来るのに、中央線快速で神田まで行き、山手線か京浜東北線で品川で乗り換え、京急の快速で京急蒲田で各駅停車に乗り換えるという複雑な手順を踏んだ。しかし、これが最も速い通勤経路なのである。

この高校は進学より就職に重きを置いており、流石《さすが》「工科」と銘打っただけはある。それまでは「工業」高校が「商業」と並んで普通科に対しての職業科高校だった。ここは定時制があり、私は八時三十分から十七時〇〇分の勤務になるとのこと。他に、八時三十分から十二時三十分の勤務の方、そして十二時四十分から二十一時四十分の定時制担当の方がいる。

二十一日水曜日と二十三日金曜日も勤務していたら、二十三日の午前中に私の携帯電話に着信があった。会社の方からで、今日は別の学校に行って欲しいとの事。私は荷物をまとめて赴いた。品川から総武線快速電車で新小岩まで行けた。司書は出来るだけ二人体制が基本で、そこでは一人が休みを取ったらしい。

二十六日月曜日は、東武亀戸線東あづま駅に降りた。

亀戸までは総武線各駅停車で、其処から二駅目である。この高校は、私が定時制のシフトになる所である。駅前商店街からスカイツリーが驚くほど大きく見えた。墨田区にあるここでは、全日制シフトの方と定時制シフトの方がいて、十月からの本勤務では木曜日と金曜日が私の担当になる。

二十七日火曜日もそこで勤務した。まだ定時制のシフトではなく十七時〇〇分までであった。

二十八日水曜日は別の学校で勤務した。八時三十分から十七時〇〇分である。

二十九日木曜日は最後の研修で、別の学校に行った。

東京メトロ東西線東陽町駅からすぐのところにあるこの高校は、明らかに名門校である。校舎に入って図書室に行く廊下の掲示板に、生徒の書の作品が展示されており、リワークの作品展よりもレベルが高い（御免なさい。本当の事なので）。階段には美術部の絵画が飾られていた。私の勤務中に、中学生のグループが見学に来校して案内されて来たほどである。これを高校訪問、または上級学校訪問と言う。

このようにして、九月いっぱいの私の研修は終わった。

勤務　十月三日（月）

十月三日月曜日、私はこの日の勤務地である学校に出勤した。勤務時間は八時三十分から十七時〇〇分。通勤経路は、四ツ谷から御茶ノ水、御茶ノ水から品川、品川から京急蒲田、京急蒲田から雑色（「ぞうしき」と読む）、其処《そこ》から徒歩で約五分。通勤時間は全部で約七十分。大田区は遠い。

十月四日火曜日は、別の学校に出勤した。勤務時間は八時三十分から十七時〇〇分まで。

通勤経路は、四ツ谷から御茶ノ水、御茶ノ水から新小岩、新小岩からバスで三停留所で、其処から徒歩一分。通勤時間は約六十分。江戸川区も遠い。

十月五日水曜日は、別の学校へ出勤。

十月六日木曜日は、別の高校へ出勤。勤務時間は十二時二十分から二十一時五十分まで。通勤経路は、四ツ谷から御茶ノ水、御茶ノ水から亀戸、亀戸から東あづま、其処から徒歩で約三分。通勤時間は約五十分。墨田区は他より近い。

十月七日金曜日は、別の高校へ出勤。

この、木曜と金曜が一番きつい。通勤時間は、三つの勤務地で最も短いのだが、何しろ二十一時五十分までという勤務時間がこたえる。但し、採用面接で一番先に打診をされた勤務先なので、文句は言えない。

この一週間が過ぎて、やっと乗り切ったなというのが、今の実感である。

それぞれの職場で、それぞれの遣《や》り方がある。それは承知しているつもりだ。それぞれの職場に、それぞれの司書がいる。これが問題なのである。皆優秀な方々である。私のような新米（歳は取っているが）より、余程仕事に精通している。私はその方々から日々教わっているのである。これは、職場が変われば付いて廻るものだ。だが、今までは転勤しても一ヶ月ほど過ぎれば、職場の人間関係も把握して、無難に勤務して来た（つもりである）。それは、勤務の内容が（仕事の対象が）人であったからだ。ある意味、何処《どこ》に行ってもやる事は同じであった。基本は生徒指導（教科と生活面）と保護者対応である。内容にレベルの差はあるにしても基本は変わらなかった。

今回、派遣社員として三つの職場を廻るに当たって、仕事の対象が人では無くて本であること。その本への拘《こだわ》りが、それぞれの司書で強いことである。本を選ぶ段階（「選書」と言う）から、そのリストの作成の仕方（勿論Excelである）まで拘《こだわ》り方が違う。今までの確立した手順を遵守している。共通しているのは、一人勤務の時間が長いからか、独り言が多い。

図書室の鍵の扱い方も、三箇所とも異なる。当然図書室の位置も違う。職員玄関からどうやって図書室に辿り着くか。この一週間でやっと把握した（と思う）。

と言う訳で、勤務初めの一週間を振り返ってみた。その関係で、エッセイの日付が十月三日（月）となっているのに、十月七日金曜日までの出来事を記したものになった。この稿は十月八日土曜日に記述していることを、お断りしておきます。

体育の日　十月十日（月）

今年はたまたま十日が「体育の日」になった。と言うのも、現在は十月の第二月曜日が日にちに関わりなく「体育の日」とされているからである。それ以前は、十月十日が「体育の日」となっていた。

これは前回（一九六四年）の東京オリンピックの開会式にされた日で、何故その日が開会式に選ばれたかと言うと、気象庁が観測開始以来、最も雨の降らない所謂《いわゆる》「特異日」とされたからである。

国を挙げての（アジア初の）国際的行事のオープニングの日に雨は禁物である。その年の十日は文字通りの快晴で、私はテレビの前に釘付けとなった。各国の選手団の入場行進の最後は、開催国・日本の選手団の入場であった。選手団は、白の帽子に赤のブレザー、クリーム色のスラックス（今ならパンツと言うべきか）、白の靴で入場した。メインスタンド前で、団長の合図で帽子を取り、胸に捧《ささ》げた。この動作は、一糸乱れぬもので、後《のち》に軍隊式行進だと批判を受けた。

私は幼稚園生だったが、決して違和感を感じなかった。考えてみれば当たり前の話で、幼稚園生に軍隊の悪しきイメージなどあるはずもない。その後小学生になり、メキシコ・オリンピックやミュンヘン・オリンピックの入場行進を見て、東京大会の入場の方が美しかったと思ったものである。現在テレビで過去の映像を見ても、どこが軍隊式なのか、分からなくはないが、ぐちゃぐちゃな（自由な）行進より遙かに「全体の美」が現されていると思っている。

この話をある所でしたら、「北朝鮮みたいですね」と、予想通りの感想を聞かされた。北朝鮮のマス・ゲームとあの行進は同じ本質（理念と置き換えても良い）に基づいて行われたものなのだろうか？　二〇二〇年の東京大会が近付くにつれ、過去の映像が流されると思うので、よく考えて見て欲しい。特に戦争を知らない世代―私もそうだが、私達の世代は体験談を聞かせて頂いている（日々雑感「留守番電話」）―戦争体験のお話を聞くことなく育った世代には、一糸乱れぬ行動は（全体行動とも言う）決して全体主義を現すものではないということを理解して欲しいのである。

五十二年前、テレビで開会式を観ていた私は、航空自衛隊のブルー・インパルスのジェット戦闘機五機が、五輪を青空に描くのを観て（文字通り）、外に飛び出した。自宅の庭からも実際の五輪の飛行機雲が色鮮やかに浮かんでいるのが見えた（四谷と国立競技場のある千駄ヶ谷は近いので、この幸運に恵まれた）。

体育の日は、成人の日、敬老の日と共に日にちが定められていたが、「ハッピー・マンデー」とする為にそれぞれの月の第二月曜日となった。その事によってどれだけの恩恵を受けているか、私には疑問に感じる。今年の体育の日（十日）は、曇り空だった。過去の十日に雨が降ったのは、一回だけだと言う。やはり「特異日」なのである。

スポーツの秋、と言うからには青空の下で身体を動かしたいものである。九日や十一日で小雨でも降ったら（過去には実際に降っている）、様々な運動会が台無しである。せめて、体育の日くらい十月十日に戻して貰いたいものである。

診　察　十月十七日（月）

私の病院に於ける診察日は、これまで金曜日だった。ところが、俄《にわか》に仕事に就き、十四日金曜日に病院に行けなくなってしまった。私は前日の木曜日（十三日）に電話をかけて、事情を説明し診察日を変更して頂いた。そして土曜日の十一時までに来院して、予約外の受付を済ませるように言われた。

当日の土曜日（十五日）十一時直前に、私は病院の受付で手続きをした。予約外だからかなり待たされるだろうなと思っていると（今までの診察で、時間通りに名前を呼ばれることはまずなかった）、意外や意外、程無くして私の名前がアナウンスされた。六番の診察室であった。ここに入るのは初めてだった。診察室は五番までだと思い込んでいた（迂《う》闊《かつ》な話である）。

診察は最近の私の状態、薬の事、次回の診察の予定日を確認して終わった。しかし、その後が待たされた。土曜日の午前中は四名の先生方が診察しており、その患者さん達の会計に時間が掛かっていたのである。少し待っていると、待合室の奥の廊下からスタッフが現れた。リワークは今日は休みだし、二階に通ずる階段にはフェンスが伸びていて、スタッフ・ルームには行けないことを受付の時に確認していたのだ。土曜日の診察の後、どうやってこのエッセイを渡そうかと考えていた所に、当のスタッフの登場である。早速《さっそく》、四十七回までの拙文（つたない文章、書いた本人が謙遜して遣う。或いは本心は別かも知れない）を渡すことが出来た。

このエッセイをスタッフに届けるのに私は、郵送が適当かと考えていた。でなければ受付の方に託すか（しかし、これは余りに虫が良すぎる。私がこの「日々雑感」をスタッフに渡している事を一階のスタッフの方はご存じないからである）、とにかく何らかの工夫を必要としていた。実は、この日（十五日土曜日）私は封筒を一枚、鞄（例のイタリアの革製）に入れていた。図々しく誰かに託す為である。

この文は、私の現在の状況をお知らせするのに、最も適切なものだと考えている。中には時として過激な意見もあるかも知れない。しかし、私がリワークを卒業してもこのエッセイを書き続けているのには、別の理由もある。それは最終的には自分の為だと言える。日々雑感「終戦記念日」がその最たるもので、自分の考えを記しておきたいが為なのである。スタッフの他にどなたが読んで下さっているかは兎も角、やがて診察が終了するまでは、書いていきたい（多分、診察が終了しても書いていると思われる）。

現在、平日は図書館司書の仕事がある為月曜日に書くことはもう出来ない。大体、木曜日か金曜日の午前中に書いている。木、金は高校の定時制のシフトで、十時半までは自宅に居られるのである。仕事を始めて、改めて時間の大切さを思い知らされた。「時は金なり」この格言は欧米にもあるが（Time is money）、実は幾つかの解釈があると言う。特に英国では、他人の時間を無駄に遣わせる事は罪に当たると言う、極めて妥当ながら厳しい教えとして使われている。そう言えば「刑事フォイル」でも、「私の時間を無駄に遣わせた」と言う台詞《せりふ》があり、印象に残っている（再放送が待ち遠しい）。私の文章が、スタッフの時間を奪っていないことを切に願う今日この頃である。

土日の使い方　十月二十四日（月）

十月三日から始まった私の勤務は、三週目に入った。平日は目一杯働いているが、週末はどうなのだろう。先日の土曜は病院に診察に行った（日々雑感「診察」）。私はスタッフにエッセイを渡して、会計を済ませ、薬局で薬を貰った。そして、登戸駅前の店に入った。先週の土曜と日曜は、ある学校の文化祭で、何故か図書室を開室するので、八時二十分から十六時五十分まで勤務に就いた。従って、休み無しで二週間を乗り切らなければならない。

あと、週末には熱海の別荘の庭木の枝を切る等の作業に行くことが多い。別荘のことはいずれ詳しくお話しすることになるだろう。

ランチは外に出て店で摂ることが多い。まずはこのエッセイに度々《たびたび》登場する新宿二丁目のフレンチ・レストランである（日々雑感「従姉妹」、日々雑感「檸檬」）。次は神楽坂のイタリアンでオステリア（リストランテより格が下がる）である。そして桜坂上のカフェである（日々雑感「桜坂のカフェ」）。雨が降っていたら自宅近くのオステリアも利用する。

こう述べていくと、以前にこのエッセイで言及《げんきゅう》（話をあることに言い及ぼすこと）している店ばかりである。

今、日々雑感「体育の日」まで手元にあるが、このエッセイを書く時間も土曜日か日曜日である。一ヶ月前までは曜日に関係なく書いていたが（何しろ無職だったので）、現在は働く身の上になったので、貴重な貴重な休日となっている。働くことになって、診察日を替えて頂いた（日々雑感「診察」）が、三週に一回は病院での診察がある。このエッセイをスタッフに渡すこともある。

そう言えば、三週に一回の呑み会（スタッフにずばり見破られた）は、私は参加出来なくなってしまった。私のシフトが二十一時五十分まででは、どうやっても溝の口には辿り着けない。K氏は私から何の連絡も無いので、病院での私の診察が終了したと思っているかも知れない。何しろ、これまでは金曜日の診察が終わると、ショートメールで待ち合わせ場所を確認していた私が、ぱったり音沙汰無し（文字通り）になっているからである。

母の入院　十月三十一日（月）

十月二十六日水曜日午前中に、高校の図書館に勤務していた私の携帯電話に着信の振動があった。蓋を開けてみると（私の携帯は旧式の所謂《いわゆる》ガラ携である）、「自宅」からと表示してあった。父からだと思って出てみると、何と女性の声が聞こえて来た。新宿区の高齢者相談センターの方だという。すぐにピンと来た。朝、リビングのテーブルに三栄町町会の会員名簿があって、或るページにメモ用紙が挟んであったのである。父は私に、私の携帯の番号をメモしておくように言った。私は固定電話の脇にメモ用紙一杯に番号を書いて置いた（父の老眼は小さな字は見辛い）。

相談センターの方の話では、母の容態が思わしくなく掛かり付けの主治医に往診を私から頼んで欲しい、ついては入院の運びになると家族の者でもう一人居て貰いたいとのこと。私は一旦電話を切ると、すぐに主治医（父の主治医でもある）に電話を掛けたが、何回やっても話し中だった。そこで自宅に電話すると父が出た。主治医に電話したが話し中だったこと、連絡がつき次第そのことを自宅に伝えること、それからすぐに自宅に戻ることを話した。再度、主治医に電話したところ今度は繋がった。看護師から主治医に電話口の相手が替わり、私が状況を説明すると、主治医から今後の段取りを説明して頂いた。今は（午前中）は外来の診察があるので、我が家への往診の時間は午後一番で行うということだった。私は電話を切ると、再度自宅に電話を掛けて、主治医からの指示を伝えた。

そこで私は、会社に電話を掛けて事情を説明し今日の勤務を終わらせて欲しいと要請した。学校は私の他に、十二時三十分まで勤務する司書が配置されている。会社が承諾してくれたので、その司書に事情を説明し荷物をまとめて自宅に戻った。

自宅に戻ると、父と相談センターの方が居た。母は寝たきりで明らかに衰弱していた。主治医が往診して下さるのは一時過ぎになるので、昼食を買いに行った。こういう時に何も食べていないとこの後の入院の手続きや待機やらで（入院の際には、検査やら説明やらで時間が掛かることを私は知っていた）、食いっぱぐれになり自分の健康を損なうからである。緊急時こそ食べられる時に食べておけ。私の経験上の教訓である。

予定の時刻より早く主治医が来て下さり、脱水症の診断が下された。相談センターの方が介護タクシーの会社に電話を掛けて（最初に掛けた幾つかの会社はどこも出払っていた）、何社目かで一台配車出来ることとなった。主治医が帰り、タクシーが来るまでに、主治医の診断書と入院依頼書、父がまとめておいた母の身の回りの物と後期高齢者保険証を確認した。私が付き添って持って行くことになる。

午後二時前に介護タクシーが到着した。私も初めて見るものでステーションワゴンを立派にしたような車だった。運転手がストレッチャーを出し、更に担架を自宅に運び入れた。相談センターの方と運転手で担架に母を乗せ、自宅の玄関を出てストレッチャーに移動した。ストレッチャーはそのままステーションワゴンの荷台に収まった。

私はその車の運転手のすぐ後ろの後部座席に乗り込んだが、右側にストレッチャーの端が見えなかったら、豪華なリムジン（それは大袈裟か）に乗っているような内装だった。「〇〇病院ですね」と運転手に確認されて、「そうです。よろしくお願いします」と応じた。車はまず外堀通りに向かう一方通行の道を直進し、外堀通りに出て左折した。外堀通りを北上し市ヶ谷を過ぎて飯田橋に至った。飯田橋の五叉路の交差点を左折して程《ほど》無くして〇

○病院に到着した。私が受付で書類を提示すると既に主治医から連絡があったらしく、救急外来に行くように指示があった。運転手にストレッチャーを押して貰い、救急外来の受付で病院のストレッチャーに母が移された（ここからは看護師の手による）。

私は介護タクシーの運転手に礼を言い支払いをした。相談センターの方から9千円は懸かると言われていたので、一万円札を渡した。領収書とお釣りが戻って来た。消費税込みで、聞いてはいたがかなりの高額だった。私はこのようなタクシーがあることも、ましてや乗ったことも無かったので、つくづくこの手の事柄に関しては無知だったと思い知らされた。

○○病院でのこの後の出来事は、次回に廻《まわ》します。

診　断　十一月七日（月）

十月二十六日水曜日に、母は○○病院に入院した。長い診察時間を経て、担当医師から病状の説明を受けた。脱水症であり、何故食べ物を口にすることが出来なくなったかは、今の所不明であるとのこと。逆に、入院に至るまでの母の状態を説明させられた。そして同じ屋根の下で暮らしていて、母の状態を把握していなかったことを、ずばりと指摘された。一言もなかったが、腹立たしい感情が心に起きたことは否定しない。あんたに我が家の何が分かると言うのだ？　これは救急病棟の医師から言われたことだが、翌日入院病棟の担当医からも指摘された。はっきり言って、何をこの若造が！　とは思ったが、感情をすぐに表現しないだけの人生での修行は積んできた（つもりな）ので、黙っていた。

最近の病院は、病人の今後について明確な言動を避け、後でクレームがつかないように予防線を張ることはよく知られたことである。母が虫垂炎で緊急入院した時は□□病院で（夜中、私とタクシーで行った）、たかが盲腸なのに母が老齢であるとか、合併症の危険性があるとかで、私は聞きながら詳細にメモを取った。今回も手帳にメモしたが、胃カメラの検査の必要性を説明され、種々の同意書にサインをした。

母は点滴を受け、身体を拭いて貰い、髪を切った。現在は、点滴を受けずに病院食のお粥を少しずつ食べられるようになるまでに回復した。私が差し入れで持って行く、パックの飲み物も自分で取れるようになった。まだ自分でストローは挿せないが。

担当医が母の胸部レントゲン写真を見せてくれ、肺炎の疑いがあること、抗生物質を投与する方針を示した。入院した時点よりも高熱であること、入院前は熱を発するエネルギーも無かった可能性があること、自分で歩けるようになることを目標にする治療方針を説明した。

私は一階のコンビニエンスストアで、テープ式お襁褓《むつ》、パッド、お尻拭き、入れ歯ケース、入れ歯洗浄剤、撥水クリーム、保湿剤、肛門洗浄剤を購入して（総て病院の指示）、母の病床の枕元の棚に並べた。自宅からはティッシュと歯ブラシ、歯磨きチューブ、プラスチックのカップを持参した。靴は今度見舞いに行く時に持参する予定である。

担当看護師からも、介護保険の申請をするように指示があったので、母の入院時にお世話になった高齢者相談センターの方に電話をした。母と私の身分を証明する物をそれぞれ二通用意するように言われた。母のは後期高齢者医療保険証と、国民健康保険証、私のは健康保険証と期限の切れたパスポート（期限切れでも良いとのこと）を持参して、手続きを行った（印鑑は必要無し）。その際、お襁褓保険なる制度があることを聞き、つくづくこの手のことに無知なのを思い知った。病院で書式に記入して貰い、再度保健センターを訪れた。因《ちな》みにこの保健センターは、私が自立支援医療受給の手続きを行った場所である。まさかこのような用件で、再び此処を訪れることになろうとは思いも寄らなかった。

容態が落ち着いて来たので（肺炎の話はどうなったのだ？）、母は車椅子でオープン・スペースで食事をするようになった。これもリハビリテーションの一環だそうである。いずれ別館のリハビリ・センターに移動する予定である。その後は？　我が家の判断に委ねられるようである。勿論、医師のアドバイスを参考にさせて頂くが。

同窓会　十一月十四日（月）

十一月十三日日曜日午前十時二十分、私は麹町の主婦会館（プラザエフ）の前にいた。この建物は四ツ谷駅の麹町口の目の前にある。

私はベイカーストリートの濃紺のブレザーに、襟にはバーバリーのラペル・ピンを刺し、フェラガモのネクタイをダンヒルのタイピンで留めて、ダンヒルのカフスボタンをして、同じくダンヒルのベルトにグッチの革靴という出で立ちで、ルイ・ヴィトンのパウチを持っていた。所謂《いわゆる》私の春・秋用の「勝負服」である（「勝負服」に関しては日々雑感「ハローワーク」で夏用を紹介した）。

パウチの中には、電卓が一台入っている。何故だかお分かりでしょうか？

九月二十六日に自宅に一通の往復葉書が届いた。懐かしの小学校の同窓会（正しくは同期会）の通知である。私は即座に出席の返書を書いた。当然、幹事への感謝の言葉と自身の近況とを添えた。

すると、十月二十三日に、私の携帯に着信があった。私の期の代表幹事の女子からのもので（彼女は私の一年から三年までのクラスメイトでもある）、私のクラス（四年から六年）の幹事が仕事の都合で出席出来ないので、「林君に」受付をお願いしたい、ついては電卓を持参されたいとのことだった。私は快諾し、同時に私達に通知を出してくれた幹事の欠席に失望した。同時に自分が出席出来ないのに、我々のために面倒な作業を厭《いと》わずしてくださったことに深く感謝した。

と言う訳で、私は会の始まる四十分前に会場に到着したのである。しかし、一番乗りではなかった。代表幹事と、他のクラスの幹事一名が先着していた。挨拶をして（会うのは五年ぶりか）、私は受付に座った。会は午前十一時からで、程無く懐かしの面々が到着した。私の小学校は当時五クラスあって、ついに同じクラスにならなかった子（敢えてこの言葉を遣わせて頂く）も多い。出席表の氏名（女子は旧姓）に〇を付け、会費を頂戴した。

私の隣に他のクラスの幹事が座っていて、会の式次第と校歌の歌詞カード（他の歌の歌詞もある）と名札を渡していた。

やがてお招きした先生方お二人が到着され（代表幹事がお迎えに行った）、定刻に会は始まった。

まず、先生方の授業（内容は想像してみて下さい）、御礼の言葉、花束贈呈、御長寿御祝いの篠笛《しのぶえ》の演奏（プロ級の腕前）と続き、十二時頃に昼食・歓談となった。幹事達のプログラム構成には感服しました。皆優秀な人達で、考えてみれば私達の小学校は公立ながら長い伝統と、名門としての矜持《きょうじ》（自分の能力を信じていただく誇り、プライド）を持っていた。

そして、生徒近況報告の時間となった。これはクラス毎《ごと》にアイウエオ順に行う。私は一組だったので、最初のグループ（と言っても一組は二名の出席しかなかった）で、もう一名がトップバッターを務めた。彼は俳優で、嘗《かつ》ては自分の劇団を運営していた時期もある。勿論チケットの売り上げははかばかしく無く、本人も言っていたが此処（同窓会）が頼りであると（劇団で裏方、事務員からチケットのもぎり係まで、アルバイトをしないでいられるのは、宝塚歌劇団と劇団四季だけであることは、舞台関係者は皆周知の事実である）。

彼の後、私は二番手である。

「○○君の後に話すのは遣り難《にく》いのですが」と始めて、「スピーチとスカートは短い方が良いと言いますが、少し長めにお話しします」ここで会場の笑いを誘う。「林孝志です。代表委員をやっていて、朝礼の時、朝礼台の上から全校生徒に号令を掛けていました。隣に△△君がいました」。この辺で皆が思い出したように頷く。先生方も。「一年生から五年生までの後輩達の憧れの的だったと思います」（これは誇張では無いです。何処の小学校でもやれることでは無いと思います。読者の小学校でも生徒が号令を掛けて全体の指揮を執っていましたか？）。私は担任の先生（残念なことに、お亡くなりになった）のエピソードを二つだけ挙げて、自身の近況を報告してスピーチを終えた。

大勢の聴衆？　の前でのスピーチは、リワーク卒業時のあの印象的な（自分で言うのも何だが）挨拶以来であった（日々雑感「カーペンターズ」）。しかも三十四名の前でやるのだから楽しかった。そう、楽しかったのです。

一組は二名で終わり、二組は八名、三組は四名、四組は五名、五組は十二名と思い出と近況報告が続いた。

そして、音楽の演奏で、「ふるさと」と「紅葉」をフルート、ヴァイオリン、キーボード（何れもプロ級）の演奏があり、歌唱「小さな空」のデュオ（アマチュアの域を越えている）が続き、最後に「校歌」を全員で斉唱した。何年ぶりだろう？

そして集合写真を撮って、閉会となった。

先生方をお送りした後、場所を変えて二次会（店が混んでいて二箇所に分かれた）、そして三次会と、正午から午後六時まで呑んでいたことになる。私はそこで失礼したが、後の連中は何時まで呑んでいたのだろう？

式次第の最後に、実行委員の氏名（女子は旧姓）として各クラスの幹事の名前、「協力」の欄に私の名前もあり（「会計」担当）、「車両」担当として三名の名前があった。何と言う周到さか！　ここまでの気配りが出来るのは、私達もあと二年で還暦を迎えるからだろうか。いや、それだけではない。その人の才能に他ならない。

私は会の途中で中座して、一組の幹事に電話をしていた。何年か振りで聴く彼女の声は変わっていなかった。忙しい時に電話をしたお詫びと、今日までの段取りをして貰ったお礼を言った。また連絡すると言ってその場は電話を切った。

翌日私は電車の中で彼女にショート・メールを送った。彼女からの返信は御想像にお任せします。

祖母の二十三回忌法要　十一月二十一日（月）

十一月二十日日曜日午前十一時十五分、私は菩提寺（日々雑感「墓参り」）の境内にいた。本日の服装は略礼服（つまり黒服）に黒のネクタイをダンヒルのタイピンで留め、ダンヒルのベルトにグッチの革靴、ルイ・ヴィトンのパウチを持っている。パウチの中には袱紗《ふくさ》（表裏二枚合わせ、または一枚物で方形に作った物。進物・御祝い・香典等を入れる）が入っている。中身は「御供養料」と「御卒塔婆《そとば》料」が二通である（卒塔婆とは、供養・追善の為に墓地に立てる細長い木の板のこと）。

この日は、亡くなった祖母（日々雑感「留守番電話」）の二十三回忌法要なのである。一番早く到着した私は、墓を清め、花を手向《たむ》けて、水桶に柄杓《ひしゃく》を添えて皆を待った。皆と言っても、あと三人なのだが。

母が入院し、父は私達に任せると言った。供養料は我が家で出し、卒塔婆はうちが二本、向こうが一本でいいだろうと。そこで私は従姉妹（日々雑感「留守番電話」、日々雑感

「従姉妹」、日々雑感「墓参り」）に連絡を取り、久々に彼女の弟（私からすると従兄弟）から電話を貰い、私の兄の四人で法要を営む段取りを整えた。

最初に到着したのは従兄弟で、彼とは三十年ぶりである（彼は祖母の告別式には来られなかった）。しかし、すぐに分かった（当たり前か？）。次が兄で、二人への土産をぶら下げている。最後が従姉妹で、彼女にしては珍しく道に迷ったと言う。地下鉄メトロ東西線早稲田駅から十分もしない処《ところ》なのだが、地上に出ると方向感覚が狂うことは私もある。読者の皆さんはどうだろうか。

四人揃ったところで庫裏《くり》（寺の住職や家族の住居）の玄関（いつもは其処《そこ》で線香を貰う）ではなく、本堂に通じる表玄関に向かった。靴を脱ぎ、控え室に入った。以前は畳敷きに座布団があったが、今ではソファと肘掛け椅子である。社会が段々と高齢化していることの現れである。

定刻に案内され、本堂に向かった。此処《ここ》も椅子が置いてある。

住職の読経《どきょう》が始まり、焼香の運びとなった。たった四人なので、すぐに済んで読経が暫く続いた。読経が終わり、住職の講話があった。亡き祖母の思い出だった。

住職に御礼を言い、控え室に戻って荷物をまとめて墓に赴いた。墓の後ろには新しい卒塔婆が三本立ててあった。一本は父名義、もう一本は母名義、三本目は叔母名義である。四人がお祈りをして、桶を戻し、夏目坂（一頃《ひところ》夏目漱石が住んでいたことから名付けられた）を歩いて下って、早稲田駅から東西線に乗って神楽坂に向かった。地下鉄の中で男性陣はネクタイを黒から普通の物に締め替えた。何故だか分かりますよね？

因《ちな》みに私のはアルマーニである（リワークにも締めて行ったことがあります）。私が予約してあるフレンチ・レストラン（ビストロに近い）に到着し、ビールで献盃《けんぱい》（敬意を表すため相手に盃をさすこと。亡くなった者への礼儀）をした。

そこで従姉妹が「あの御卒塔婆の字、上手《じょうず》ではなかったですよね」と言い出した。兄も従兄弟も同意した。私は溜め息をついて、「俺の方が上手《うま》く書けるよ」と自慢した（事実だからしょうがないのです）。

食事が終わって、母の入院している○○病院に向かった。私が神楽坂の店を選んだのはこの為であった。エレベーターの前で兄が二人にマスクを渡した。私は毎日来ているので、マスクは常備している。

母は従姉妹達（母からすると姪と甥）のことを直《す》ぐに認識した。身体は弱っていても頭の方はまだまだ健在なのかも知れない。

病院を出て、飯田橋の駅前で従姉妹達と別れた。彼等も久しぶりなので、積もる話もあるのだろう。

一年間　十一月二十八日（月）

このエッセイを書き始めて、一年以上が過ぎている。

改めてこれまでの稿を読み直してみると、私の変貌振りはどうであろう？

リワークに通いながら、職場復帰へ努めていた頃、早期退職を決断して心境に変化が起きた頃、何時それをスタッフの方に伝えるべきかを模索していた頃、面談でリワークのメンバーにもきちんと伝えることに決めた頃、水曜日の集団精神療法の場（院長先生の前）で発表した頃（すかさず、何人かのメンバーが「人生の重大な決断をしましたね」とか「驚きました」と言って下さった）、リワークの卒業に向けて私の振る舞いを見届けて下さっているコメント（月一回の評価表）を読んでいた頃、そしてあのリワーク卒業の挨拶をした時、無職となって仕事からのストレスから解放された頃、ハローワークに職探しに通った頃、そして現在は、職を得て月曜日から金曜まで忙しくしている。

早期退職は、他人からは重大な決断に映っただろうが、私自身は誰にも相談無く、独りであっさり決めた（相談とはかなりの割合で、その人が大体心に決めていてそれを後押しして貰うためにするものと、私は解釈している。釈迦に説法ではありますが、永年相談される立場にあった私が導き出した結論の一つである。もう一つ、カウンセリングの極意とは共感的姿勢で常に相手の立場でとことん話を聞くことで、最後に第三者的立場からアドヴァイスをすることを学んだ。私の元の職業ではカウンセリングのような専門分野の研修会参加が義務付けられていました）。早期退職の決断は、定年に三年前という時期が大きく作用したと思える。その時の年齢なら、新しい職に就ける可能性もあったからである。勿論その時は、暫く（永くて一年）ゆっくりしようとは思っていた。しかし、ゆっくりしていたのは五ヶ月間であった。

今、自分の決断や行動が正しかったかどうかは暫《しばら》く置くとして、その間このエッセイに私なりの考えを述べてきたことは実に有意義だったと思う。

日々雑感「留守番電話」では、如何《いか》にその日の出来事を、正確に伝えられるかと言葉を選んだ。日々雑感「墓参り」も同様である。

だが、最も私が知識を総動員して読み手に伝わるように配慮したのは、日々雑感「終戦記念日」である。この稿を書くに当たっては、幾つかの文献をもう一度読み直して、間違いの無いように努めた。これまでの稿では異例（日々雑感「留守番電話」は三枚に亘《わた》ったが）の二枚目まで文字を埋めた。物の見方は色々ある。それは良い。しかし真実は一つだけである。私は戦争について、自分なりに突き詰めた結果、得られたと思える真実を述べたつもりである。

日々雑感「母の入院」は、私自身動揺していたが、それでも起きた出来事を、出来るだけ分かり易く記述したつもりである。

このように書き積み重ねて来た「日々雑感」は、私の心を映す鏡なのかも知れない。そう言えば、古典の授業で学習した中に、随筆の類《たぐ》い（同じ種類）を「〇〇鏡」と呼ぶことを知った。

「日々雑感」がこの後何処《どこ》まで回を重ねるか分からないが、これまでと同じく御愛読を御願い致します。

アメリカ合衆国大統領選挙　十二月五日（土）

アメリカ合衆国の大統領選挙が終わった。大方の予想を裏切る形で。民主党の女性候補（当選すれば初の女性大統領誕生）と共和党の男性候補（当選すれば初の政治家でない大統領誕生）との選挙戦は、互いを中傷し合う泥仕合の様相を呈した。しかし、それは合衆国国民の問題で外国の人間がとやかく言うべきものではない。日々雑感「英国のEU離脱について」や日々雑感「英国について」で述べたように、容喙《ようかい》（横から指し出口をすること）は厳に慎むべきである。

にも拘らず、合衆国の大統領選挙は世界に影響を及ぼすからという理由で、連日報道がなされ、日本に於いても選挙結果の予想に多くの論評が行われた。

百歩譲って、合衆国大統領戦が日本の政治経済に影響するとして、その予想結果は只《ただ》一人のジャーナリストを除いて、悉《ことごと》く外れた。これは一体どういうことだろう。

後出しじゃんけんのようではあるが、私は毒舌を繰り返す不動産王が勝利するのではないかと予測した。

理由の一つは、英国のEU離脱の際にも触れたことだが、グローバリゼーション（EUやTPP等）への限界を感じ始めた民衆と、保守主義（この場合は自分の国が第一、自分の地位や職業を最優先する考え方）が合衆国国内に広がっていたことである。

理由の第二は、不動産王は「メキシコとの国境に壁を作る。その費用はメキシコに出させる」という、今までには無い暴言的な公約を掲げたことである。ところが、これはメキシコからの密入国者を取り締まり切れない現状を打開する、具体的な（必ずしも現実的ではないが）方策なのである。英国が難民問題で苦しんで、苦渋の選択をしたケースに現象面は違うが本質的には酷似《こくじ》（よく似ていること）している。

第三の理由は、選挙戦の最終盤に発覚した民主党の女性候補のスキャンダルである。東京都知事選の際にもこの現象は起きていた（日々雑感「スキャンダル」）。スキャンダルは不動産王にもあったはずだが、彼の言動そのものがスキャンダラスであったし、韓国の大統領のような辞任に追い込まれるような類《たぐ》い（同じ種類）のものでは無かったと言える。

問題は、我が国のマスメディアが共和党候補者が当選したら、日本は大変な不利益を被《こうむ》ると論評した点である。英国のEU離脱の際と全く変わらぬ見識の無さを露呈した。更に、ワシントンDCやニューヨークの駐在員や特派員のリポートのみを紹介し、共和党候補の差別的発言に抗議する一部市民を大きく取り上げた。ではメキシコ国境に出向いて現地の状況が如何《いか》なる状況かをリポートしたメディアがあったろうか？

私が知る限りでは無かった。難民や密入国者の問題は我が国でも起きてはいるが、合衆国では例えば「壁」でも作らない限り解決できない問題なのに、そこに焦点を当てないとは、メディアは己の不明を恥じるべきである。テレビでは、「私も外しました」としゃあしゃあと述べているコメンテイターが多く、自分の勉強不足を反省する者はいなかった。私がジャーナリストを信用していないと言った事（日々雑感「都知事選」、日々雑感「スキャンダル」）が、これでお分かりになるだろう。

先日の祖母の二十三回忌の法要（日々雑感「祖母の二十三回忌法要」）の後、神楽坂のレストランでこの話題があがった。従姉妹（姉）が「〇〇さんだけが、最初から△△氏（不動産王）だと言っていましたね」。すると従兄弟（弟）も「そう、テレビで見たよ」と、その事実を知っていた。兄は勿論知っていた。

林家の人間は、国際政治とジャーナリズムに強いのかも知れない（笑）。

冬物語　十二月十二日（月）

十二月三日土曜日、私は登戸駅に降り立った。その日は診察日である。今日も、例のイタリア製の革鞄を提《さ》げている。鞄の中には日々雑感「診断」から日々雑感「一年間」が入っている。

診察が終わって、会計を済ませ、さてスタッフは奥の部屋から出て来そうにないので、二階に上がろうと階段に向かった。今日はフェンスが開いている。デイケアがある日なのだ。二階ではリワーク室から何やら音楽が流れている。プログラムの最中なのだろう。そこで調理室兼食堂を覗いて見ると、数人のメンバーがいらしたが、スタッフの方はいらっしゃらなかった。ではと、卓球室を訪れようかと思っていたら廊下の奥から別のスタッフが歩いていらっしゃった。ラッキー。無沙汰の挨拶をして、〇〇さんにこのエッセイを渡しに来たと告げた。厚かましくも読んでましたかと訊ねると、「勉強になりました」と応えて下さった。感激。尤《もっと》も、私がリワーク卒業後もエッセイを書き続けているとは御存じ無かったようで、「□□さんの名前も登場しますよ」（日々雑感「カーペンターズ」）と告げると、「じゃ、読んでみます」と仰って下さった。それから思い出話になり、何と言っても卓球の完全アウェイ状態（私にとって）の中での試合のことになった。□□さんも△△さんも意味がよく分からなかったらしく、説明させて頂いたが、その際私が工夫したラケットをペン・フォルダーからシェイクに変えたことには、気付かれていなかったようである。リベンジ・マッチに勝たせて頂き、本当の勝負は□□さんから再戦のリクエストを頂いた時であった。彼女が本気で向かって来るのは分かっていた。その時、私の工夫は□□さんのバックに打ち返すことと、チャンス・ボールはスマッシュを決めることだった。○○さんは、日々の振り返り日誌で私が再三《さいさん》（たびたびの意）記していたのでお分かりだろうが、日頃はスマッシュを封印していたのである。そんな楽しい思い出話を暫く続け、エッセイをお渡しした。その際、一回分抜けているのは、（日々雑感）二ページに亘《わた》るものをプリントアウトした時に、同じ一ページ目を二部持参してしまって、自宅に二ページ目が二部あることに気付いたからである。相変わらずそそっかしい性質は改善されていないのです。

□□さんと別れて、薬局で薬を購入し、お昼時なので登戸駅前の鰻屋（日々雑感「土日の使い方」）に向かった。そこで、鰻重と生ビールを注文した。以前来店した際には瓶ビールはあったが、もし生ビールの表示を見逃していたならばとんだ迂闊《うかつ》な話である。

お腹も一杯になりいい気分になって、自宅に戻り（その頃にはアルコールは抜けています）、自転車（日々雑感「桜坂のカフェ」）で○○病院に行き、母を見舞った。そして自宅に戻って入浴した。

夕方、私はスペイン製の革ジャケット（リワークに着て行きました。メンバーのH氏から褒められたし、他何人かからも「格好いいですね」と言われた）を着て、アルマーニのネクタイ（これもリワークに締めて行った。日々雑感「祖母の二十三回忌法要」）をダンヒルのタイピンで留め、カシミアのハーフコートにダンヒルのマフラーをして、グッチの革靴にルイ・ヴィトンのパウチを持って出掛けた。これは私の「冬の勝負服」の一つである。

パウチの中には、「タイプスプロデュース第八十一回十七周年記念開演第九弾―冬物語」のチケットとチラシが入っている。

先日の同窓会で（日々雑感「同窓会」）で売れない俳優から購入した物である。私は彼の舞台を二十年ほど前に一度観ている。それは彼が主催する劇団だった。演目はシェイクスピアの「真夏の夜の夢」をアレンジしたもので、シェイクスピアが観たら怒って墓の中から飛び出しかねない舞台だった。シェイクスピアの作品はどれも台詞《せりふ》が長く、ましてやそれを日本語に翻訳すると、極めて難しい台本が出来上がる。

私は嘗《かつ》て、「ヴェニスの商人」の台本を書いた経験（文化祭で生徒に演じさせました）があるが、思い切った削除をしなければ時間内に芝居を終わらせることが出来ないことを知っている。

二十年前の「真夏の夜の夢」の台詞は早過ぎて、正直なところ二流の域を出ないと思った。先日の同窓会の二次会で、そのことが話題に上《のぼ》った。彼等彼女等も、幾つかの舞台を観て台詞が聞きづらかったとの感想を持ったと言う。二次会には、当の本人はいなかったので相当厳しい意見交換が出来た（笑）。

と言う訳で、私は高円寺駅の北口から「座・高円寺2」に向かった。シェイクスピアの「冬物語」は未読の作品なので、読んでから観に行こうかとも思ったが、敢えて読まずに観に行くことにした。結果的にはこれが、良い方に転がったと言える。

「冬物語」の内容の紹介は控えるが、やはり台詞回しに問題があった。特に主演の若い男優は、一生懸命に演じてはいたが、台本に忠実になる余り（台本に忠実なのは当たり前なのだが）、台詞が早過ぎて私は舞台を楽しめなかったと言わざるを得ない。

私の同級生は、いい役を振り当てられており、台詞は比較的ゆっくりだった。これは役柄故《ゆえ》の台詞回しなのだが、二十年の歳月が彼をしてここまでに成長させたとも言えるだろう。僭越ながら、私は「劇団四季」の会員で、クオリティの高い舞台を数え切れないほど観て来た。その中にはミュージカルでなく、ストレイト・プレイ（音楽と歌の無い台詞劇）もあった（主にフランスの劇）。従ってどうしても「四季」を基準に劇を評価することになる。

芝居は、思わぬ展開を見せ、私は正直感動した。だが、後になって考えてみれば当然の展開だったとも言える。

舞台が終わり、観客がロビーに流れ出し、そこで俳優達が迎えてくれた。同級生は女性の観客と話していた。私は少し離れた所で待っていた。彼はすぐに私に気が付き、女性との会話を終えた。私が近付き、握手をして「お疲れ様」と言った。彼は観に来てくれた礼を言った。「流石《さすが》いい役を貰ったね」と言ったら、その役は初めてだったと言う。暫《しばら》く話をして、側《そば》にいる別の女性客の為にその場を離れた。

帰りのＪＲの電車の中で、私は同窓会に来られなかった幹事にショート・メールを送った。「今晩は。今、○○の舞台を見終わって、○○と挨拶したところです。おいしい役をもらっていました。感動しました。林」。

彼女からの返信は、私信ではあるが敢えて紹介します。

「お疲れ様です。最近は観に行く人がいないから喜んだでしょう。（以下省略）」

私は翌朝返信を送った。

「おはようございます。メールありがとう。確かに昨晩は私だけのようでした。同窓会でチケットを買った数人は、今日の昼か夜に行くのでしょう。林」

火曜日に、私は「冬物語」読んだ。舞台で違和感を覚えた「ボヘミアの海岸」と言う台詞（ボヘミア国は海に面していない）も解説を読んで腑に落ちた。

何《いず》れにせよ、シェイクスピアは日本語では上演の難しい脚本であることには、間違いない。其処《そこ》を上手くやるのがプロなのだが。

カジノ法案　十二月十九日（月）

全《まった》く馬鹿げた法案である。

「カジノ法案」が衆議院・参議院を通過した。実に嘆かわしいことである。法案成立推進派は、メリットのみを論じ、反対派はデメリットのみを論じていた。それは一先《ひとま》ず置くとして、私見を述べさせて頂く。勿論、私は反対派である。

理由の一番目は、治安が悪くなることである。推進派は、例えばシンガポールをモデルにして、同じように安全な状態に出来ると言う。シンガポールは早くからの観光立国で、それなりの予算を組んで（我々の想像以上に）国内の治安を維持している。路上で唾を吐くだけで罰金だし（外国人観光客とても同じ）、喫煙も極端に制限されていた。私が渡航した時もそうなのだから、今も同じだろう。つまり、多額の税金を使用して、東南アジア随一の安全な国を築いているのである。それに引き換え、日本は観光立国と名乗ってから、まだ月日が浅く、これ以上の税金の無駄遣いは出来ないはずである。従って、治安が悪くなるのは目に見えている。

二番目の理由は、必ずマネー・ロンダリングが成されることである。暴力団等反社会的勢力や海外の更に大きい組織（中国マフィア、ロシアン・マフィア等）の資金洗浄に使われるのは、誰が見ても分かることである。海外のカジノは、実は其処《そこ》には目を瞑《つぶ》っているのである。日本でも、有効な対処法などは無く、結局野放し状態になってしまうだろう。推進派は予防措置を取ると言うが、それは机上の空論に過ぎない。

三番目は、入場者の制限である。具体的には韓国では、韓国人の入場は禁じられている。韓国のカジノで働く、例えばクルーピエ（ルーレットを回す役）や飲み物をサーブするバニー・ガール等は、皆公務員である。従って、観光客の負けは韓国の国庫に入る仕組みになっている。日本で、例えばもう名乗りを挙げている大阪で、日本人の客を入れるかどうか、その際のメリットとデメリットをきちんと整理しているのだろうか？

私は海外旅行をしていた頃、カジノがあれば必ず赴いた。カジノは大人の賭博場である。と同時に社交場でもある。フランスのニースでは、夏でもジャケットとネクタイをすることを要求された。私は、ニース、マカオ、マドリッド、ソウル、済州島《チェジュとう》（有名な韓流ドラマの舞台となった）での経験から、日本にカジノは必要ないと確信した。

日本が、真の観光立国を目指すなら、安心・安全な国作りこそ急務で、外貨獲得の為のカジノなど全く必要としないと考えている。カジノで遊びたければ、海外でやれ、と言いたい。

先程、推進派のメリット、反対派のデメリットの話が出たが、私のデメリットの根拠は私自身の体験に基づくもので、国会の偉い方々の空理空論とは些《いささ》か異なる。これから先発の国々の現状を視察し、研究すると言うのは順序が逆で、物事が決まってからでは遅いのであることがどうして分からないのだろうか。東京都の築地市場移転問題や、オリンピック会場の問題（国立競技場設計問題やエンブレムのデザイン問題も含む）、原子力発電所の問題（廃棄物処理場も含めて）、沖縄の米軍基地問題等、重要な課題が全て見切り発車としか思えない状態で事が運んでいる。

この国は、明らかにおかしい方に進んでいると言わざるを得ない。

年末に当たって　十二月二十六日（月）

今年も余す処《ところ》一週間となった。私自身を振り返ってみても、例年以上に動きの激しい年だったと言える。

三月三十一日にリワークを卒業し、同時に勧奨退職（所謂《いわゆる》早期退職）し、四月一日に辞令と感謝状を受け取り、その日に診察があり、診察は三週に一回のペースで今も続いている。その間、このエッセイも書き続けている。

七月七日木曜日に、年に一回開かれる「七夕の会」に久しぶりに出席し、勧奨退職したことを報告した。この会は、私が勤務していた頃の職場の管理職を中心に、ＰＴＡの方々が現職の管理職も招いて催される会である。元の上司に退職したことを打ち明けると「そんな大事なことを何で相談してくれなかったの」と、有り難い言葉を掛けて頂いた。しかし、相談しない主義の私は（日々雑感「一年間」）自分の判断に曇りは無かった。その会で、受付をしていた現役の保護者の方から「〇〇中にいらした林先生ですか？」と声を掛けられた時は驚いた。私がこの学校に転勤した最初の年の三年生だったのである。その子のクラスは私が担当だった。今は別の区に住まいして、お子さんがこの中学校に通学していて、彼女はＰＴＡの副会長をしているとのこと。いやはや、この業界の狭いことと言ったら、こんな処にも現れている。来年の七夕の日は金曜日なので、もし現在の勤務シフトの場合は残念ながら出席は難しい。

九月二日にはハローワークで現在の職を見付け、その職もいまだに続いている（日々雑感「ハローワーク」、日々雑感「面接」、日々雑感「研修」、日々雑感「勤務」）。私にとって今年一年で最も大きな出来事になるはずの再就職は、するすると決まりそれぞれの職場（三箇所）で好評価を得ている。それは相方《あいかた》の司書や教職員との会話、会社との電話での遣り取り等で大体分かるものである。どうも会社は、私をどんな相手でもコミュニケーションの取れる人間と捉えているようで（当たり。そうでなかったら三十五年間も前職を続けられない）、来年から火曜日を、配置転換するように（一応だが）要請して来た。私に否《いな》やは無い。与えられた職場で、出来る事をするだけである。出来る事が少しずつ増えていっているが。私は、無理はしない、頑張り過ぎない、切りの悪い所で作業を止める、と言うリワークで学んだ事を実践している。特に三番目の教えは、皆が驚き感心するもので、私の余裕の基盤になっている。

今年最大の出来事は、母の入院となった（日々雑感「母の入院」、日々雑感「診断」）。一時は車椅子で食事をするまでに回復したのだが、今はまたベッドでの生活である。肺炎を二度起こし、心臓の周りの筋肉の動きが弱まり、心不全の状態であると言う。酸素吸入器を付けていた日が続いたが、今は外している。人工呼吸器を付けるかどうかで、主治医と意見が対立したが、主治医が言う「ご家族の為の治療ではありません」の一言が、胸を突いた。母が痛いことはしたくないと言ったので、結局人工呼吸器は付けないことになった（人工呼吸器を付けると本人は睡眠状態になり、意識が無くなると言う）。その際、年を越せそうかと言う私の問いに、主治医は難しいと思うと応えた。ならば、出来る事を出来る範囲で遣って貰うしかない。今のところ、母は意識があり会話も出来るまで回復している。

年頭に当たって　二〇一七年一月二日（月）

明けまして御目出度うございます。

と言えることが何より目出度い事である。

母は相変わらず、ベッドの生活だが、病院食（お粥とババロア等）を食するまでには回復している。一時は点滴だけで、「絶食中」のプレートがベッドヘッドに貼られていた。

その頃が一番の危機的状況だった。有り難い事に年も越し、昨日（元日）も見舞いをした。また、いつ心臓が弱くなるか予断を許さないが、取り敢えずテープ式のお襁褓《むつ》を置いてきた。これは区の「お襁褓助成制度」（日々雑感「診断」）で月に一回自宅に配送されるものである。

元旦（元旦と元日は意味が異なる）は、いつもの時刻に起床し、初めての朝食（お節料理）の前に、近所の神社に初詣をした。前日の大晦日にも参拝し、古いお札を御焚《おた》き上げ（お守りやお札を燃やす事）の入れ物に置き、新しい三柱《みはしら》（三体の神様）のお札を購入した。天照皇大神と須賀神社之神と荒神《こうじん》（竈《かまど》の神）様の三体である。尚、神様を数える時は、柱《はしら》若《も》しくは体《たい》と呼ぶ。

昨年の初詣で、何時《いつ》にない行列が出来ていたが、何故だか分かりました。読者の皆さんももうお分かりだろうが、当時はまだ映画化されておらず、原作で知った人達が「聖地巡礼」で訪れていたのである。映画が公開され、興業収益歴代第二位の作品の舞台の一つとなったのが、我が氏神《うじがみ》（地元の神社）である。

この神社に至る階段は、よくテレビ・ドラマのロケに使われていた（例えば「相棒」その他）。そして、石段を登り切った場所からの眺めはなかなかのものである。其処《そこ》からだと北を向く形になる。実は、我が家はその北の方角に位置する。元旦は、フジテレビが撮影に来ていた。しかし、朝早かったので、去年のような行列は無かった。しめしめ。

例年の如く、お節料理を肴にして酒（日本酒）を呑み、届いた年賀状の返事を書いた。今年は宛名を筆で書いた。そして何時もなら自転車で行くのだがアルコールが入っているので、歩いて○○病院に行った。正月から飲酒運転で捕まりたくは無い。自転車で怖いのは、高齢者の運転である。よく高齢者の自動車事故（アクセルとブレーキの踏み間違い等）が話題に上るが（昨年の祖母の法要 - 日々雑感「祖母の二十三回忌法要」 - 後の会食で従姉妹達が父親 - 私には叔父に当たる - の運転のことを心配していた）、自転車も前方不注意やハンドルの操作間違いが起こりかねない。更に電動アシスト付き自転車の場合、スピードが思いの外《ほか》出てしまう。歩行者には、文字通り歩道を走る凶器となってしまう。私自身自転車に乗る者の一人として、歩行者を最優先にしているが、高齢者の場合必ずしもそうとは限らないように思える。若者の方が余程、道路交通法を守っているように思われる。何故なら、彼等彼女等は学校の交通安全教室で学んだ事を実践しているからである（電車内でのマナーについても教えて欲しいものである）。高齢者にこうした交通安全教室のような取り組みはなされない。高齢者社会なのにも拘らずである。お互い、気を付けましょう。

成人の日　一月九日（月）

六十は人間だと還暦《かんれき》である。十干十二支《じっかんじゅうにし》をぐるりと一回りしたことである。

十干とは、中国の万物の物質を木・火・土・金・水の五つに分類し五行《ごぎょう》と呼び（確かに古代にはプラスティック等は無かった）、それを兄・弟に分けた。これは陰陽道（おんみょうどう、おんようどうとも言う・古代中国の自然現象を説明する思想）にある、光が当たれば、明るい所と陰の部分が出来るという発想から、万物を陽と陰に分ける、それを兄《え》と弟《と》と呼ぶようになったと言う。木の兄《え》（兄の呼称）木の弟《と》（弟の呼称）と五行を二種類に分けた事から、十干（五×二）と呼ばれるようになったと言う。これが甲《こう》・乙《おつ》・丙《へい》・丁《てい》・戊《ぼ》・己《き》・庚《こう》・辛《しん》・壬《じん》・癸《き》である。昔の通信簿の評定は、甲・乙・丙・丁だったと聞く。

十二支は、読者の皆さんもご存じの通り、神様が一月一日（元日）の朝（元旦）に動物を招いて御祝いをする、ついては十二種類の動物までだと仰しゃった。元旦に、真っ先に神様の所へ駆けて来たのは牛だった。ところが牛の背中（尻尾と言う説もある）に掴まっていた鼠が牛の前に飛び降りて、一着は鼠となった。以下、牛・虎・兎・龍・蛇・馬・羊・猿・鳥（鶏とも言われる）・犬・猪の順となった。最もポプュラーな動物達（龍は想像上の動物だが）であるが、それなら猫は何故入っていないのか？　それは鼠が「神様が一月二日に動物達を呼んでいる」と嘘をついて、猫は二日の朝に神様の元にやって来た。其処《そこ》で猫は、鼠に騙されたと悟《さと》り以来鼠を目の敵《かたき》とするようになったと言う。これには、鼠が天敵の猫と一緒に居たくないので嘘をついたという説もある。

何れ《いず》にせよ、十二種類の動物が決まり十種類の物質と組み合わせると、十二×十＝百二十で、順列組み合わせの法則で割ることの二となり、六十という数字が古代中国では重要となった。動物の名前は総て、別の漢字が当て嵌《は》められ、甲子（きのえね）・乙丑（きのとうし）・丙寅（ひのえとら）・丁卯（ひのとう）・戊辰（つちのえたつ）・己巳（つちのとみ）・庚午（かのえうま）・辛未（かのえひつじ）・壬申（みずのえさる）・癸酉（みずのととり）・甲戌（きのえいぬ）・乙亥（きのとい）・丙子（ひのえね）・丁丑（ひのとうし）・戊寅（つちのえとら）・己卯（つちのとう）・庚辰（かのえたつ）・辛巳（かのとみ）・壬午

（みずのえうま）・癸未（みずのとひつじ）・甲申（きのえさる）・乙酉（きのととり）・丙戌（ひのえいぬ）・丁亥（ひのとい）・戊子（つちのえね）・己丑（つちのとうし）・庚寅（かのえとら）・辛卯（かのとう）・壬辰（みずのえたつ）・癸巳（みずのとたつ）・甲午（きのえうま）・乙未（きのとひつじ）・丙申（ひのえさる）・丁酉（ひのととり）・戊戌（つちのえいぬ）・己亥（つちのとい）・庚子（かのえね）・辛丑（かのとうし）・壬寅（みずのえとら）・癸卯（みずのとう）・甲辰（きのえたつ）・乙巳（きのとみ）・丙午（ひのえうま）・丁未（ひのとひつじ）・戊申（つちのえさる）・己酉（つちのえとり）・庚戌（かのえいぬ）・辛亥（かのとい）・壬子（みずのえね）・癸丑（みずのとうし）・甲寅（きのえとら）・乙卯（きのとう）・丙辰（ひのえたつ）・丁巳（ひのとみ）・戊午（つちのえうま）・己未（つちのとひつじ）・庚申（かのえさる）・辛酉（かのととり）・壬戌（みずのえいぬ）・癸亥（みずのとい）となる。ふう。

従って、この六十年を過ごして暦《こよみ》を一回りした事で、還暦と言う。赤いちゃんちゃんこを御祝いに贈るという昔の習慣は、一回りして赤ちゃんに戻ったと言う意味があるのである。自分が○年だと言える人は殆《ほとん》どだが、□○年と言える人は殆どいないだろう。それは十干十二支を知らない（教えて貰っていない）からである。

成人たる者、これくらいは知っていて欲しいものである。

二十四節気　一月十六日（月）

もうすぐ大寒《だいかん》を迎える。因《ちな》みに今年は一月二十日金曜日である。二十四節気は昔の暦《こよみ》なので、毎年少しずつ異なる。

前回、成人の日に関わらない内容を述べたが（日々雑感「成人の日」）、「十二支」を「干支《えと》」と勘違いしている人は多い。勘違いは他にもある。例えば、この「大寒」を始めとする二十四節気である。

年の初めから、小寒《しょうかん》（一月六日頃）・大寒（一月二十日頃）・立春（二月四日頃）・雨水《うすい》（二月十八日頃）・啓蟄《けいちつ》（三月六日頃）・春分（三月二十一日頃）・清明（四月五日頃）・穀雨《こくう》（四月二十一日頃）・立夏（五月六日頃）・小満《しょうまん》（五月二十一日頃）・芒種《ぼうしゅ》（六月五日頃）・夏至（六月二十一日頃）・小暑《しょうしょ》（七月七日頃）・大暑（七月二十四日頃）・立秋（八月八日頃）・処暑（八月二十三日頃）・白露《はくろ》（九月七日頃）・秋分（九月二十三日頃）・寒露

（十月八日頃）・霜降《そうこう》（十月二十三日頃）・立冬（十一月八日頃）・小雪《しょうせつ》（十一月二十三日頃）・大雪《だいせつ》（十二月八日頃）・冬至（十二月二十三日頃）と言うように、あくまで「頃」で、祝日のように毎年決まっている訳ではない。ふう。これは太陰暦《たいいんれき》（昔の暦）を二十四等分にしたものであるから、どうしても年々《としどし》でずれるのである。因みに今年の祝日でもある春分の日は三月二十日月曜日、秋分の日は九月二十三日土曜日である。この二十四節気の日にちが決まっていると勘違いしている人は多い。また二十四節「気」を二十四節「季」と書くもの思っている人もいるだろう。

節分は立春の前の日と解説する天気予報士が多いが、元々はその名の通り立春・立夏・立秋・立冬の前日を言ったことは誰も言わない。節分の「節」は二十四節気の「節」である。季節を分ける節目と言う意味合いからこの字が遣《つか》われている。

節分に豆を蒔《ま》き、自分の歳の数だけ豆を食べる習慣は、悪鬼を払う行事に由来するが、大人は自分の歳の数は到底食べられない。

近年、コンビニエンス・ストア等で「恵方巻」の幟《のぼり》やポスターを見かけるが、節分に恵方巻を食べるという習慣は少なくとも関東には無い（私の子供の頃は絶対に無かった）。恵方巻を食するのは関西の習慣だと聞く。正月のお餅や雑煮のように、地方によって習《なら》わしが違うのだから、恵方巻を「全国区」にするのは食品メーカーの企業戦略に他《ほか》ならない。企業戦略と言えば、ハロウィンの売り上げは、バレンタイン・デーを軽く上回ったと聞く。これは仮装の為のコスチュームの販売によるものである。仮装をした若者達は、ハロウィンの元々の由来を知っているのだろうか？　以前、ミーティングで「ハロウィンは外国の宗教行事ですから、話題にしたくありません」とあるメンバーが言ったが、正にその通り。

バレンタイン・デーも元々はキリスト教の聖人の亡くなった（磔《はりつけ》にされた）日を祝う？（尊ぶということであろう）日で、女性が男性に対して告白できる唯一の日となり、男女間で贈り物を交わす習慣が生まれたと言う。つまり、外国では男子から女子にチョコレートのようなプレゼントを贈っているのである。コミック『とめはねっ！　鈴里高校書道部』にも、帰国子女（男）の主人公がバレンタイン・デーにプレゼントを贈っている。

またしても話がずれたが、世の中、勘違いやそもそもの由来を知らずして、生活している事が如何《いか》に多いかである。気を付けたいものである。

節句　一月二十三日（月）

昔の暦《こよみ》に関する話題が続く。

テレビでは、人形メーカーのコマーシャルを見かけるようになった。来《きた》るバレンタイン・デーの次は、いよいよ雛人形《ひなにんぎょう》を購入して貰おうとの企業戦略であろう（その次は、当然のことながら武者人形となる）。

さて、その雛人形は三月三日の桃の節句に飾る。しかし、「桃の節句」は通称（一般的に呼ばれる名称）で、正しくは「上巳《じょうし》の節句」と言う。この事を知る人も今では少ないだろう。五節句と前回の二十四節気とは、「節」は同じだが「句」と「気」が異《こと》なる。季節には関係するが、「節気」が、季節を分けるものに対して、「節句」は季節毎《ごと》の行事を言うものだからである。

では、その五節句とはどのようなものであろうか。

人日《じんじつ》の節句は一月七日、上巳の節句は三月三日、端午《たんご》の節句は五月五日、七夕《しちせき》の節句は七月七日、重陽《ちょうよう》の節句は九月九日である。ふう。

一月七日を「ななくさ」とは言うが、これも通称で、「ななくさのせっく」とは言わない。同じく七月七日は「たなばた」とよく言うが、「たなばたのせっく」とは言わないのである。

昔の人の考えだから、本来十一月辺りに何か節句があっても良さそうなのだが、五節句でお仕舞いなのである。何か訳があったのだろう。

昔の暦と言っているが、これを正しくは太陰暦と呼ぶ。月の満ち欠けを基にしている事は皆さん御存じの通りである。

新月は晦日《みそか》（三十日）頃、二日月（ふつかづき）は二日頃、三日月（みかづき）は三日頃、七日月（なのかづき・なぬかづき）は七日頃、八日月（ようかづき）は八日頃（この辺を上弦の月とも呼ぶ）、九日月（ここのかづき）は九日頃（この辺を夕月夜 - ゆうづくよ - とも呼ぶ）、十日余りの月（とおかあまりのつき）は十一日頃（この辺を宵月夜 - よいづくよ - とも呼ぶ）、十三夜月（じゅうさんやづき）は十三日頃で小望月（こもちづき）とも呼ぶ。そして望月、若《も》しくは満月は十五日頃、十六夜月（いざよいづき）は十六日頃（この辺を朝月夜 - あさづくよ - とも呼ぶ）、立待月（たちまちづき）は十七日頃（この辺を有明の月とも呼ぶ)、居待月(いまちづき)は十八日頃(この辺を下弦の月とも呼ぶ)、臥待月(ふしまちづき)は十九日頃で寝待月(ねまちづき)とも呼ぶ。そして、更待月(ふけまちづき)は二十日頃で宵闇月(よいやみづき)とも呼ぶ。更《さら》に、二十日余りの月(はつかあまりのつき)は二十二日頃で、二十三夜月(にじゅうさんやづき)は二十三日頃と勘定した。ふう。

月の満ち欠けを一月(ひとつき)と考えたので、太陽暦のカレンダーとは当然ながら異なってくる。

尚《なお》、上弦の月とは、弓を引いた時の形に似ているからで弓の弦が上になっている、即《すなわ》ち月は下にある。逆に下弦の月は、弦が下で月が上にある。これを、逆に考えている人も多い。「上」弦だから月は上、「下」弦だから月は下と勘違いしているのである。何と勘違いや思い込みの多いことか。

昔の事を知ることは、今に繋《つな》がることであると思うのだが。

月の異名《いみょう》　一月三十日（月）

昔の暦《こよみ》について更に続く（飽きましたか?·)。

一年は十二ヶ月であることは太陽暦と太陰暦とでは変わらない。只《ただ》、太陰暦の月の呼《こ》称《しょう》は、学校で習ったかも知れないもの以上に実は多い。

一月は睦月（むつき）と呼び、他《ほか》に孟春（もうしゅん）・正月・初春月（はつはるづき）とも言った。二月は如月（きさらぎ）と呼び、他に仲春（ちゅうしゅん）・仲陽（ちゅうよう）・梅見月（うめみづき）とも言った。三月は弥生（やよい）と呼び、他に季春（きしゅん）・暮春（ぼしゅん）・花見月（はなみづき）とも言った。四月は卯月（うづき）と呼び、他に孟夏（もうか）・麦秋（ばくしゅう）・卯花月（うのはなづき）とも言った。五月は皐月（さつき）と呼び、他に仲夏（ちゅうか）・薫風（くんぷう）・早苗月（さなえづき）とも言った。六月は水無月（みなづき）と呼び、他に季夏（きか）・葵月（あおいづき）・風待月（かぜまちづき）とも言った。七月は文月（ひみづき・ふづき）と呼び、他に孟秋（もうしゅう）・涼月（りょうげつ）・七夕月（たなばたづき）とも言った。八月は葉月（はづき）と呼び、他に仲秋（ちゅうしゅう）・竹春（ちくしゅん）・月見月（つきみづき）とも言った。九月は長月（ながつき）と呼び、他に季秋（きしゅう）・暮秋（ぼしゅう）・紅葉月（もみじづき）とも言った。十月は神無月（かんなづき）と呼び、他に孟冬（もうとう）・小春（こはる）・時雨月（しぐれづき）とも言った。十一月は霜月（しもつき）と呼び、他に仲冬（ちゅうとう）・暢月（ちょうげつ）・霜降月（しもふりづき）とも言った。十二月は師走（しわす）と呼び、季冬（きとう）・極月（ごくげつ）・春待月（はるまちづき）とも言った。ふう。

尚《なお》、四月を「麦秋」と呼ぶのに、疑問を感じる向きもあろうかと思うが（「春」を「秋」と書くから矛盾しているが）、四月は麦を収穫する季節なので（麦は所謂《いわゆる》二毛作の裏作に当たる）普段作物を収穫する「秋」と表したのである。

また、読者も御存じの通り、十月を「神無月」と呼ぶのは、その月に日本中の神様がその地から居なくなってしまうからである。そう、出雲大社に集合するからで、出雲の地だけは十月を「神在月（かみありづき）」と呼ぶのだそうである。

月の異名を知っていれば、スタジオ・ジブリの『隣のトトロ』で、「サツキ」と「メイ」

の姉妹は五月生まれである事も分かる（妹の名は「かおる」や「さなえ」でも良かったのだが、姉の「さつき」と紛らわしいので「メイ」にしたのかも知れない。いや、其処《そこ》まで考えずに、英語の「メイ」にしたというのが正解だろう）。

昔は、年が明けたら「春」であった。故に「初春《はつはる》を言祝《ことほ》ぐ（祝うの意味）」という言い方や、「新春シャンソン・ショー」のように、寒い時期でも「春」と呼ぶ。

季節の区分は、睦月・如月・弥生が「春」で、卯月・皐月・水無月が「夏」で、文月・葉月・長月が「秋」で、神無月・霜月・師走が「冬」であった。

最後に、太陰暦は月の満ち欠けによるものなので（日々雑感「節句」）、どうしても太陽暦とずれてしまう。正確に言えば、太陽の運行とずれるのである。昼と夜の時間が全く同じ日が一年に二日あるが（春分の日と秋分の日）、これらの事象と暦との整合性を持たせる為に、閏《うるう》年や閏月を設定したと言われている。

時刻と方角　二月六日（月）

前々回の稿で「五節句とはどの様なものであろうか」と述べておきながら、具体的な説明をしていなかった（日々雑感「節句」）。御免なさい。

一月七日の人日（じんじつ）の節句は、健康でいる事を祈り七草粥《ななくさがゆ》（せり、なずな、ごぎょう、はこべら、ほとけのざ、すずな、すずしろ）を食する習《なら》わしがある。

三月三日の上巳（じょうし）の節句は、特に女子の健やかな成長を祈って雛人形を供えた。本格的な物は七段飾りで、最上段が内裏《だいり》（男性）と雛（女性）、その下が三人官女《さんにんかんじょ》、その下が五人囃子《ごにんばやし》、その下が菱台《ひしだい》・高坏《たかつき》・杯《さかずき》・三宝《さんぽう》・桃花酒《もものはなざけ》、その下が飯櫃《めしびつ》・御膳《ごぜん》・湯《ゆ》筒《づつ》・花車《はなぐるま》・その下が橘《たちばな》・仕丁《じちょう》（泣き上戸《じょうご》）・仕丁（怒り上戸）・鍋《なべ》・仕丁（笑い上戸）・桜と並べる。三段までは歌の文句で知っている人も多いだろう。またその日には、白酒《しろざけ》、菱《ひし》餅《もち》、桃の花を供えた。

五月五日の端午の節句は、特に男子の健やかな成長を祈って武者人形や鎧兜《よろいかぶと》を飾る。また、鯉幟《こいのぼり》を立て、邪気を払う為に家の軒先に菖蒲《しょうぶ》の花を差し、粽《ちまき》や柏餅《かしわもち》を食して祝った。

七月七日の七夕（しちせき）の節句は、五色（赤・青・黄・白・黒）の短冊に歌（和歌）や文字を書いて笹竹に飾った。後に願いを込めた文言《もんごん》を書くようになった。元々は女子の技芸の上達を祈る「乞巧《きこう》でん」と言う習わしと中国の牽牛《けんぎゅう》・織女（しょくじょ・おりひめ）の伝説が合体されたものとされている。

九月九日の重陽（ちょうよう）の節句は、菊酒《きくざけ》の宴を張る習わしである。易（えき・うらない）で目出度い「九」が重なる日に因《ちな》むとされている。ふう。

このように、節句には何かしらの願いや祝いが込められている事が分かる。また、食事の習慣も窺《うかが》えて、当時から健康志向？　であった事も頷《うなず》ける。

さて、今回のテーマである。

「十二支」（日々雑感「成人の日」）で述べた動物達の再登場である。

子《ね》の刻は深夜《しんや》の午後十一時から午前一時の時間で、以下同じように二時間区切りで表された。丑《うし》の刻は午前一時から午前三時まで、寅《とら》の刻は午前三時から午前五時まで、卯《う》の刻は午前五時から午前七時まで、辰《たつ》の刻は午前七時から午前九時まで、巳《み》の刻は午前九時から午前十一時まで、午《うま》の刻は真昼の午前十一時から午後一時までで、未《ひつじ》の刻は午後一時から午後三時まで、申《さる》の刻は午後三時から午後五時まで、酉《とり》の刻は午後五時から午後七時まで、戌《いぬ》の刻は午後七時から午後九時まで、亥《い》の刻は午後九時から午後十一時までとなる。これで二十四時間が繋《つな》がった。ふう。

従って、真昼の十二時を正午（午の刻の真ん中）と言う。

更に、子の刻を九ツ、丑の刻を八ツ、寅の刻を七ツ、卯の刻を六ツ、辰の刻を五ツ、巳の刻を四ツ、午の刻を九ツ、未の刻を八ツ、申の刻を七ツ、酉の刻を六ツ、戌の刻を五ツ、亥の刻を四ツとも呼んだ。ここでは、三・二・一は使われていない。

明け六ツ、暮れ六ツという言葉がテレビ等の時代劇で使われるのは、この呼び方による。「草木も眠る丑三つ時《どき》」と言う言葉も、丑の刻を四つに分けた三番目の時間帯を言うものである。子供達の大好きな「おやつ」が、文字通り昼の八ツに食されていたのも、これで頷ける。

落語の名作「時蕎麦《ときそば》」で、「幾らだい？」「十六文《もん》で」「あいよ。ひい、ふう、み、よ、いつ、む、なな、や、今何時《なんどき》だい？」「九つで」「とお、じゅういち、じゅうに、じゅうさん、じゅうし、じゅうご、じゅうろく。はい御馳走さん」と勘定を誤魔化す場面があり、それを真似ようと主人公が翌日「幾らだい？」「十六文で」「あいよ。ひい、ふう、み、よ、いつ、む、なな、や、今、何時だい？」「四つで」「いつ、む、なな、や、とお、あれ⁉」と、逆に多く支払う羽目に陥《おちい》る。この噺《はなし》は、主人公が深夜を過ぎる前に蕎麦屋（当然ながら当時は屋台）に行ったことが原因で、江戸時代の時刻の数え方を理解していないと楽しめないものである。尚《なお》、江戸時代の蕎麦を「二八蕎麦」と書くのは、二×八＝十六（文）だからである。また蕎麦粉が八割、小麦粉が二割という説もある。

そして、九ツから四ツまでの六つの時間帯を夜と昼の二通りに分けると、二×六＝十二となる。従って、「一日中」を表す言葉に「にろくじちゅう」が生まれた訳である。「しろくじちゅう」という言葉は「一日は二十四時間だから四×六＝二十四だ」と言う、実は誤った発想から生まれて、現在は殆《ほとん》どの人がその間違いに気付いていない。正しくは「にろくじちゅう」なのにである。大変、残念なことである。

それでは方角に話を移そう。やれやれ。

北を子（ね）・坎《かん》、北北東を丑、北東を艮（うしとら）、東北東を寅、東を卯（う）・震、東南東を辰、東南を巽（たつみ）、南南東を巳、南を午（うま）・離、南南西を未、西南を坤（ひつじさる）、西南西を申、西を酉（とり）・兌、西北西を戌、北西を乾（いぬい）、北北西を亥と言うように全方位を表した。ふう。

坎・艮・巽・坤・乾と聞き慣れない言葉が出て来たが、江戸城には北西に「乾門《いぬい》」が（現在も）あり、「巽の芸者《たつみ》」とは、料亭で賑わった街・深川が江戸城から見て東南に当たるからで、いずれも歴史的な由来《ゆらい》がある。但《ただ》し、「虎ノ門」はすぐ傍《そば》に延岡（宮崎県北部）藩・内藤家屋敷に「虎の尾」と言う桜の名木があったからだと言う。

そして、北に「玄武《げんぶ》」、東に「青龍《せいりゅう》」、南に「朱雀《すざく》」、西に「白虎《びゃっこ》」と「四神《ししん》（亀、龍、鳳凰《ほうおう》、虎）」を祀《まつ》ったのは、古代中国の思想である。平城京や平安京の「南大門」を「朱雀門」と呼ぶのは、これに由来する。また、会津藩・白虎隊もここから名を取ったものである。四神はそれぞれ、黒・青・赤・白と色分けされ、今でも例えば相撲の「神聖な」土俵の上を守っている。そう、黒房下（くろぶさした）・青房下（あおぶさした）・赤房下（あかぶさした）・白房下（しろぶさした）と言うようにである。

この「四神」の頂点に君臨するのが、「黄帝《こうてい》」である。中国では、黄色が一番尊い色とされた。黄帝はやがてその子を地上に遣《つか》わし、その子は「皇帝《こうてい》」と名乗った。または「天帝《てんてい》（黄帝）」の子として「天子《てんし》（皇帝）」と呼ばれるようになったと言う。うーん、そうだったのか（笑）。

それでは、次の相撲の大阪場所のテレビ中継で、「黄の房」があるかどうかを確認してみて下さい。「房」は無いと思いますが、別の「黄」？　があるはずです。

答えは三週間後に。

バレンタイン・デー　二月十三日（月）

正しくは「聖バレンタイン・デイ」である。

カタカナ表記で、「デー」とあるが、第二次世界大戦（欧州戦線）でノルマンディ上陸作戦（連合国軍の大陸反攻作戦）日を、「Dデイ」と表記するように、「デイ」がより英語の（外国語の）発音に近い。「バレンタイン・デイ」「ホワイト・デイ」「メイ・デイ」（労働者の祭典）「バースデイ」（誕生日）と言う様に。まだ、他《ほか》にあるかな？

フレデリック・フォーサイス（英国の小説家、アイルランド在住）の名著『ジャッカルの日』は〝The day of the JACKAL〟が原題で、「ザ・デイ・オブ（本来なら「オヴ」が正しい）・ザ・ジャッカル」と発音する。

図書館の本の貸出期限票（学校図書館の書籍の最後のページに貼付されている）は「デ

イト・デュー」と呼ばれている。公共図書館では、コンピュータからプリント・アウトされた票が手渡される。

日時を決めた人（異性・同性に拘らず）と会う約束を〝date〟と中学校で習ったはずだが、普通「デート」と表記されていて、「デイト」と表す人はまずいない。「バレンタイン」も元々は〝Valentine〟なのだから、正しくは「ヴァレンタイン」と表記される方《ほう》が良い。

この「ヴァレンタイン・デイ」の三日前が「建国記念の日」（二月十一日）である。この日を「建国記念日」と間違えて覚えている大人も多い。五月三日が「憲法記念日」とあるから、「記念日」と「記念の日」とを混同したのだろう。

「建国記念の日」は元《もと》は「紀元節」と呼ばれた。日本国の「正史」（国が認めた正式の歴史書）である「日本書紀」に拠《よ》れば、「神武天皇」が即位した日で、戦前は大規模な祝典が催された。尚《なお》、皆さんが御承知の『古事記』は、残念ながら「正史」ではない。

現在の「昭和の日」（四月二十九日）は、戦後は「天皇誕生日」と呼ばれていたが、戦前は「天長節」として、これも大掛かりな祝典が営《いとな》まれた。

「新嘗祭《にいなめさい》」は十一月二十三日で、天皇がその年の新米を天地の神に供え、自らもこれを食する祭事だった。現在は何故《なぜ》か「勤労感謝の日」となっている。「神嘗祭《かんなめさい》」は十月十七日で、天皇がその年の新米を伊勢神宮に供える祭事である。流石《さすが》に、この日は国民の祝日にはなっていない。但《ただ》し、この事から伊勢神宮が特別な神社であることが分かる。明治神宮などは、大正期に建立された神社で、長い歴史を持たない。にも拘らず、首都圏では初詣の参拝者数が第一位である（第二位は鶴岡八幡宮、第三位は川崎大師）。

テーマから大分《だいぶ》外れてしまったが、「ナントカの日」は実に多い。また、「ナントカ祭」もである。

クリスマスも「降誕祭」であるし、イースターも「復活祭」である。サンクス・ギヴィイングも「感謝祭」だ。

「ヴァレンタイン・デイ」に、ユニオーネ・シチリアノ（通称マフィア・イタリア系の犯罪組織。コーザ・ノストラとも呼ばれる）の大量殺人がなされた事は、アメリカ合衆国の国民なら、かなりの人が知っているだろう。「聖ヴァレンタイン・デイの虐殺」として、合衆国の犯罪史にその名を留めているからである。

コミュニケーション能力　二月二十日（月）

私は、「生きる力」とは、コミュニケーション能力と、書類整理能力と、スケジュール管理能力だと思っている。

特に、コミュニケーション能力は、それが不足している為に社会に適応できない若者の増加に注目が集まり、その能力開発（能力向上）に関する関連書籍が相次いで出版されていることからも、その重要性が分かる。

相手との関わり方は、声掛けと相手の歓心（関心・感心とは異なる）を買うことである。具体的には、褒める事とプレゼントである。しかし、実はそれは「ほんの初歩」に過ぎない。これを基本にして、更に大掛かりな？　コミュニュケーションを取ることが可能である。

とは言え、まず大切なのは「挨拶」である。これは、リワークの評価表（月一回）の「対人交流」の最初の項目にもある。因《ちな》みに私へのスタッフの評価は最初の十二月から

「5」だったが（自己評価は別である。私は自分自身には厳しめに付けていた。スタッフも御承知の通り、私はスタッフの客観的評価‐専門的評価より自分の評価が上回ることのないようにしていた）。

現在の職場でも、「挨拶」を大事にしている。前職とは立場が違うので、より意識している。なにしろ、「後から来た人間」だから、相手が歳下であろうとも（殆《ほとん》どそうなのだが）、礼儀として大切にしなければならないと思っている。

次に最低限の「連絡・確認」である。よく「ほう・れん・そう」と言うが（報告・連絡・相談）、私に言わせれば「ほう・れん・そう・かい？」である。「かい？」は「そうなのかい？」の「確認」を表す。現在の職場では、その中でも「連絡・確認」が最も必要とされている。職場には司書同士の「引き継ぎノート」なるものがあり、私は毎日それに目を通す。「最低限の」と述べたが、司書の仕事は多岐に亘《わた》り、基本的に司書室の中での私語は制限されている。業務上の「連絡・確認」は効率良く、的確にという意味合いである。

更に、「余計な事は発言しない」ということが挙げられる。不思議に思われる向きもあろうが、これは私が長年「人と関わる仕事」をして来たことから得た教訓である。思った事を口にするのは誰にでも出来る。そこをぐっと我慢して様子を見ることは難しい。それが出来る人を「大人」と言う。「大人しい」と言う言葉は、ここから派生したという説がある。

さて、相手の信頼を勝ち取るコミュニケーション能力とは何か？

行き着く処《ところ》は自分自身の「振る舞い」である。リワークの評価表の「生活習慣」の二番目の項目に「整容」があった。スタッフの私への評価は十二月から「5」だった（勿論、自己評価は違う）。「振る舞い」と「整容」は一見異なるように思えるが、服装を正すことは（お洒落では無く）「襟を正す」と言う言葉通り、その人を相手に印象付ける「言葉」では無い「コミュニケーション能力」なのである。

私が、現職でも多分信頼を勝ち得ているとすれば、それは、服装と（特にネクタイをしていること）物の言い方に負う処が大きい。クールビズ、ウォームビズと、職場で男性がネクタイをしなくても良い風習が生まれたが、敢えて「ネクタイをした方が良い」職場もある。そして、ネーム・プレートを首から下げる。これだけで、印象が変わる。リワークにも着て行ったスペイン製の革ジャケットは勿論、その他のジャケットも（今は、冬用）木・金曜日の勤務の際は、出来るだけ着替えている。ジャケットが同じの時はネクタイだけでも取り替えている。

私の前職を知る人は、司書にせよ教職員にせよ、どうしても以前の専門分野の話を振られる。その時は、取って置きの話題を提供する事にしている。勿論、自慢話にならないようにである。

どういう話かは、次回に譲ります。

取って置きの話　二月二十七日（月）

「取って置きの話」は幾つかある。それなら「取って置き」ではなくなるぞ、と言われそうだが、取り敢えず前回のお約束なので、一つだけ披露する。

映画の話である。

時は第二次世界大戦中、処はドイツ占領下の仏領モロッコの街・カサブランカである。ドイツ軍に占領された欧州の人々はフランスのマルセイユまで行き、其処《そこ》から船でアフリカのオランに渡り、更にカサブランカに辿り着く。カサブランカから中立国・ポルトガルのリスボンに飛び、最終目的地であるアメリカ合衆国に行こうとする。ところが、リスボンへ行く為のヴィザ（査証・大使館等が発行する証明書）が無い。金持ちや幸運な者しかヴィザを入手する事が出来ないのである（余談だが、故・杉原千畝氏がリトアニア領事時代に、ユダヤ人の為に多数のヴィザを発行した事は余りにも有名な話である）。

さて、そのカサブランカにアメリカ人の経営する酒場がある。主人は「ムッシュー・リック」と呼ばれており、其処にブルガリアからの難民の若い女性が相談に来る。「警察署長さんは信頼出来る人ですか?」そこでリックは訊ねる、「何故?」「署長さんが親切にして下さって。でも此処までの旅費が精一杯で、ヴィザを買うお金がありません」「それでも署長は金が無くてもヴィザを用意すると言った?」「はい、彼は約束をしました」「ああ」その時のリックの顔付きが一瞬変わる。「彼は約束を守るよ」女性は溜め息を吐く。「安心しました。ムッシュー・リック、もし貴方《あなた》をとても愛している女性が、貴方の為に過ちを犯したとしたら、貴方は許せますか?」またしてもリックの表情が強張《こわば》る。「さあね」「主人に言った方がいいでしょうか?」リックが言う。「忠告します」「お願いします」「国へ帰れ」「それは出来ません。アメリカに行くしかないの」「ここカサブランカには悩みを抱えた者ばかりだ。自分で解決することだ」「有り難うございます、ムッシュー」若妻が礼を言うと、「失礼」とリックは席を立った。

次のリックの行動は古い映画ファンなら誰でも知っている。酒場の奥にカジノがあり、その扉を開けたリックはルーレットの台に近付いた。若妻の夫はヴィザを購入する為の金を稼ごうと、逆に負けていた。リックはその夫の後ろに立ち、プレイを続けるべきか躊躇《ためら》っている彼に、「22にしなさい」と言う。黒の22である。其《そ》れを、リックの部下のクルーピエ（ルーレットを廻す係。自在に白い玉を投げ入れる技術を持つ・日々雑感「カジノ法案」）は聞いていて、リックはクルーピエを見ながら「22だそうだ」と再度言った。若旦那は無けなしのチップ全てを22に置いた。白い玉がころころと廻り、カタンと黒の22に収まった。ルーレットは0と00から36までの数字に賭けるゲームである。従って一点買い（この場合は黒の22）は36倍の払い戻しになる。若旦那はそれを手元に引き寄せようとするのを、リックは「もう一度」と言う。再びルーレットは廻り、またしても22が出た。「其処でお止めなさい」とリックが言い、若旦那は大量のチップを換金しに行く。「調子は？」リックがクルーピエに訊くと、部下は「３０００フラン減りました」と応える。リックが酒場への扉を開けた時、若妻がリックに駆け寄り、感謝の言葉も出ずにリックに抱擁しキスをした。リックは彼女の腕を外し、「彼はラッキーだった」と言い酒場に戻った。

このエピソードは、映画「カサブランカ」の本筋には何の関係も無い。しかし、名優ハンフリー・ボガート（故人）演じる「リック」という人物の人となりを見事に表している。制作年は一九四二年。日本が真珠湾攻撃をした翌年である。しかし、舞台は一九四〇年、アメリカ合衆国が参戦する以前の時代設定である。

この話を私が前職の時、語って聞かせたことがある。「女子の諸君、もし君達がこの若妻の立場だったら、どうするだろう？」「男子諸君、君達が夫の立場ならどう考える？」「皆さん、リックの立場だったら、同じ事が出来るだろうか？」。

相手の立場に立てと言うのは簡単である。しかし、実際は相手の立場にも、第三者の立場にも立てないのが人間なのだ。其処を、想像力（創造力も）を働かせて、考えてみることが貴《とうと》いのである。

ご静聴、有り難うございました。

母の死　二月二十七日（月）

つらい稿を書かなければならない。

二月二十四日金曜日、私は荷物を持って〇〇病院に赴いた。母の転院の日なのである。別の区の□□院という介護施設に転院することになっていた。病院でその他の荷物もまとめて、介護タクシーの運転手が台車で下に運んでくれた。母はストレチャーに移され、エレベーターで運転手と私と一階に降りた。

タクシーにストレッチャーごと乗せられた母の隣の席に私が座った。病院を出発して間もなく、母が咳き込み始めた。運転手が「そういう時は頭を上げてあげるといいですよ」と言ったが、母はベルトで固定されている。母の口から白い泡のような物が吹き出た。母が「止めて」と言った。私は運転手に引き返せと言った。タクシーの中で病院に引き返すと連絡を入れ、さっき出たばかりの所へ戻った。

一階の救急室で処置が施された。バキュームで母の喉から多分朝食で摂った物を吸い取る音と母の苦しそうな声が聞こえた。主治医もやって来て「次は朝は点滴にしましょう」と言った。結局、母は七階の元のベッドに戻ってしまった。私がオープンスペースで待っていると、ソーシャルワーカーがやって来て「ショックです」と言った。私の方がショックなのに。

私は母の容態を見てから、その場にいる医師（主治医ではない）、師長代行、看護師達に「この事は納得出来ない」と言った。

その日の午後に主治医から連絡があったが、それは誠意に欠けるものだったと言わざるを得ない。「どうすれば良かったと思われるのですか?」、転院が早過ぎたと疑問を呈する私への問い掛けである。果たして最善の判断と、最善の処置がなされたのだろうか、極めて疑問である。

翌日の早朝、午前三時五十分に、私の携帯に恐れていた病院からの連絡が入った。

私はタクシーで病院に行くと、母は個室に移されていた。母は意識はもう無かった。心拍数・呼吸数・呼吸量のモニターがあり、危険な数値になっている。私は携帯で父と兄に連絡を入れた。父と兄は直ぐ来た。

ナース・センターで主治医から状況の説明があった。私は「俺の意見は電話で言ったよ」としか言わなかった。

病室に戻って母を三人で見守った。数値が次第に低くなっていき、ついに午前十時三十二分、帰らぬ人となった。二月二十五日土曜日のことである。

死因は「誤嚥性肺炎」である。

問題は、それを引き起こした原因が、転院中の介護タクシーの中で起きたことである。

車の中には母と運転手と私しかいなかった。医療の素人の私が幾ら言っても、病院はあの手この手を使って責任を認めることはしないだろう。

前日は（母はまだ生きていたので）事を荒立てることはしないと言ったが、母が亡くなった今、何をしても母は戻らないが、私の気持ちは納得しないままである。

母の通夜は、二月二十六日日曜日に菩提寺で行われた。

告別式は、二月二十七日月曜日、同寺で行われ、母は斎場で火葬された。

母の通夜、告別式 三月六日（月）

二月二十五日土曜日、母が亡くなり翌二十六日日曜日通夜が営まれた。

参列者は、喪主の父と兄と私、父の弟（私の叔父）とその娘（私の父方の従姉妹・父の姪）、母の妹（私の叔母・日々雑感「留守番電話」、日々雑感「墓参り」）とその息子（私の母方の従兄弟・日々雑感「祖母の二十三回忌法要」・母の甥）夫婦にその息子（彼とは初対面）、母の従姉妹と従兄弟（日々雑感「留守番電話」）、もう一人の母の従姉妹と、別の母の従姉妹とその夫、更に別の母の従兄弟の十五人である。祭壇には、母方の従姉妹（日々雑感「留守番電話」、日々雑感「従兄弟」、日々雑感「墓参り」、日々雑感「祖母の二十三回忌法要」）が三年前にスマートフォンで撮影した母の写真が、加工修正され飾られていた。これは前日の二十五日に病院に駆け着けてくれた従姉妹が、菩提寺まで同行してくれ、葬儀社との打ち合わせの席でメールで送ってくれたものである。読経の後、住職の講話があり、お清めの席に移動した。久しぶりに会う親戚もいて、近況報告的な場になった。

私とは初対面の従兄弟の息子（中学二年）は、陸上部の走り高跳びをやっていると言う。このような席でないと、会う事も希《まれ》な親戚の存在に私は不思議な心持ちになった

父方の従姉妹（父の弟の娘・父の姪）とも久しぶりで、その酒量の多さには父方の血筋だと思った。私が子供の頃、父の実家は米屋を営んでおり、年末に餅搗《つ》きの手伝いをした思い出話を披露した。その従姉妹と私の母方の従兄弟の妻が、当然ながら初対面ではあったが、女性同士で話が弾《はず》んでいた。

翌二十七日月曜日、告別式が営まれた。

参列者は、喪主の父と兄と私、父の弟、父の兄（故人）の娘（私の父方の従姉妹・父の

姪)、私の母方の従姉妹（度々《たびたび》登場する従姉妹)、母の従姉妹ともう一人の母の従姉妹、別の母の従姉妹とその夫、更に別の母の従兄弟の十一人である。読経の後、住職の講話があり、棺に母が病院で使っていた毛布（バーバリー）とパジャマを入れ、参列者全員で生花を埋めた。

出棺して、斎場で最後の別れをした。その後、ラウンジで父と兄と母方の従姉妹と私のテーブルになり、もう一つのテーブルに母の従姉妹二人と父の弟と私の父方の従姉妹（父の姪）が着いた。

火葬が終わり骨壺に骨を入れる際、係が「お歳の割に骨格がしっかりしています」と言った。まだまだ長生き出来たはずであったと、私は今更ながら悔やんだ。

菩提寺に戻り、初七日の法要を営んだ。

法要後にもてなしの膳を囲んだ。父方の従姉妹（父の兄の娘）とは久しぶりで、私が子供の頃、父の実家で泊まり掛けの餅搗《つ》きの手伝いに行った際、布団の中で横になっていると飼い猫に顔を嘗《な》められた思い出話をした。因みにその部屋には従姉妹も寝ていた。今なら考えられない事かも知れない。母方の従姉妹と父方の従姉妹は当然ながら初対面で、女性同士で話が弾んでいた。

取って置きの話、再び　三月十三日（月）

前回が映画の話だったので（日々雑感「取って置きの話」）、今回は小説である。芥川龍之介の短編に『蜘蛛の糸』がある。大抵は小学校の国語の教科書に載っているので、皆さん御承知の物語である。

極楽に居るお釈迦様が、蓮の池の中を覗くと遙かずっと下の地獄の様子が見えた（極楽と地獄が実は繋《つな》がっているという設定）。その地獄の血の池で多くの極悪人達が溺れそうになっていた。その中にカンダタという盗人がいた。彼は生前、盗みや人殺しをして地獄行き（きっと閻魔大王の裁きだろう - 筆者註）となった者である。お釈迦様は、そのカンダタを見て、彼が生前山道を歩いていて、蜘蛛を踏みそうになったが「蜘蛛にも命がある」と、思い直して踏まなかった事を思い出された。そこで、カンダタを助けてやろうと極楽の蜘蛛を手のひらに載せて、その蜘蛛から金色の糸をするすると地獄の方へ降ろした。

一方、カンダタは血の池に浮きつ沈みつしながら、ふと上を見ると空から金の糸が降りて来るではないか。カンダタはその糸を握って上に登り始めた。もしかすると地獄から抜け出せるかも知れないと思って。下を見ると何と大勢の極悪人達が同じようにぞろぞろと登って来るのだった。「おい！　これは俺が見付けた糸だ。降りろ！」と叫んだ。その瞬間糸はぷつんと切れ、カンダタも他の者も地獄に落ちてしまった。

お釈迦様はその様子を一部始終見ておられ、悲しそうな顔をなされた。

思い出しましたか？

小学生なら、「このお話から、何を学びましたか？」という発問（専門用語で、質問では無い）に、「カンダタのように自分の事だけを考えてはいけない」とか「生きている間に良い事をしなければならない」といった回答が寄せられるだろう。

しかし、仮に中学生の場合（中学校の教科書に『蜘蛛の糸』は無いが）、「疑問に思った事は？」との発問に、「蜘蛛の糸に人の重量が耐えられるのか」とか「お釈迦様の手のひらの蜘蛛が大勢の人の重みで落ちないのか」と疑問を呈するだろう。そこで、これは作者・芥川の仮託《かたく》（何かに例えて言おうとすること）であり、有りそうにもないことだが、有り得ない話ではないと説明する（誰もあの世に行って、戻って来た者は居ないからね）。するど、この前提で話を読み直すと何が見えて来るか？　との発問に、どのクラスにも必ず一人や二人は居る、地味で目立たない（しかし、読書好きな）生徒が、恥ずかしそうに手を挙げる。「お釈迦様は、全てを承知していたのでは？」と。「何故そう思ったの？」との問いに、「最後に、お釈迦様は悲しそうな顔をなされた、とあります。お釈迦様なら、そうなるかも知れないと思っていたと考えられます」。この発言に、クラスは騒然となる。「それなら、何故無駄な事をお釈迦様はしたのだ？」と。「お釈迦様は、カンダタの人間性を試したのかも知れない」と、様々な意見が飛び交う。切っ掛けを作った地味な生徒を私は「授業のキーパーソン」と呼んでいる。「キーパーソン」は他にも居る。

「お釈迦様は、もう一度だけカンダタにチャンスを与えたのではないか？」と発言する生徒である。そこで、私は「この作品を書いた頃の芥川は、小説家としても人間としても絶好調だった」と。「しかし、その後彼は人の死や宗教色の強い作品を書くようになる。そして、ついに服毒自殺をする。人間或いは人生に絶望して」と解説する。

従って、この『蜘蛛の糸』には芥川の人間性への絶望が隠されているのかも知れない。

小学生と中学生では発達段階が違うので、解釈や解説は自《おの》ずから異なる。しかし、追求する処《ところ》は、実は同じなのである。

今回も、御静聴有り難うございました。

勤務先の変更　三月二十七日（月）

三月になり、会社との年度末の契約更改の時期となった。

私は会社側からの打診に対して、「保留する」と返答していた。他の勤務候補先に書類を送っていたからである。しかし紆余曲折を経て、これまでの会社と契約することとなった。

四月からの勤務先は次の通りになった。

月曜日・木曜日・金曜日は全日制のシフト（八時半～十七時三十分）。

火曜日は全日制のシフト（八時二十五分～十六時）である。

水曜日はＯＦＦにした。

母の死去に際し、様々な手続きをしなければならず、これまで木曜日・金曜日の午前中に行って来た。定時制シフトの為に、午前中が空いていたからである。手続き先は区役所を始め、年金機構や郵便局、金融機関等と平日しか操業していないのだ。とても三月中には片付かない。四月からは水曜日の丸一日が使える。

四月からの通勤方法は、以下の通りである。

〇〇高校には、四ツ谷駅から東京メトロ南北線で飯田橋駅で乗り換え、同じくメトロ東西線で早稲田駅で降りる。其処《そこ》から徒歩で十分ほどである。
△△高校は、四ツ谷駅から東京メトロ丸ノ内線で国会議事堂前駅で乗り換え、同じくメトロ千代田線で亀有駅で降りる。其処から徒歩で十五分から二十分ほどである。
何《いず》れも地図で見た限りなので、多少の誤差はあるだろう。ただ、どちらも乗り換え一回で済むし、路線も同一会社なので回数券を購入するのにも便利である。もし勤務先が全部同じなら、定期券を購入するところなのだが。まあ、贅沢《ぜいたく》は言えない。

従って、今週は今までの勤務先の私にとっての最後の業務となる。

月曜日と水曜日は全日制で、二十九日水曜日が最終である。

火曜日は全日制で、二十八日が最終である。

木曜日と金曜日は定時制で、三十一日が最終である。

それぞれの勤務先で上履きとマイ・カップを引き揚げることとなる。私物はそれだけのはずである。

新しい勤務先でも、上履きとマイ・カップは必要になる。

あとは、どのような司書と仕事をするかということだが、これればかりは余り考えても仕方がない。相手と会ってからのことであろう。

私はこの六ヶ月間で、かなりのスキル（司書としての）を身に付けて来た。とは言え、一人で全ての業務をこなせるほどのものではない。まだまだ、身に付けなければならない事が数多くある。新しい職場で、それらを少しずつでも学んで行こうと思っている。

リワークで学んだ、無理をしない、頑張り過ぎない、切りの悪い所でも作業を止める、を信条として。

二十九年度の初出勤　四月三日（月）

四月三日月曜日、私は新しい勤務先である学校に向かった。

学校は早稲田（メトロ東西線）駅からかなり歩いた場所にあった。校門は無く、玄関のエントランスは広く、一般のオフィス・ビルディングのようで、開放的な雰囲気を醸《かも》し出している。この学校は定時制・単位制で、司書は三人体制が原則である。つまり、八時三十分から十二時三十分までが一人、八時三十分から十七時三十分までが一人（これが私である）、十二時二十五分から二十一時二十五分までが一人である。

春季休業中に行う業務に、利用者（生徒と教職員）のバーコード・ナンバーの年度更新があるが、全て三月中に完了しているとの事。その仕事の早さに私は内心舌を巻いた。私は午後、卒業生のバーコード・ナンバーが削除されているかのダブル・チェックをした。図書館は個人情報を扱うので、どこでもこの点はとても厳重である。

業務が終了して早稲田駅に向かう頃に、雨がぽつぽつ落ちて来た。地下鉄を降りて、四ツ谷駅を出た時には雷が光り、土砂降りになった。いつもの鞄（例のイタリア製）に折り畳み傘を入れているが、スラックスはずぶ濡れになった。

翌四月四日火曜日は、もう一つの勤務地である学校に赴《おもむ》いた。通勤手段を変えて、JR四ツ谷駅から中央線快速で神田駅まで行き、其処《そこ》から山手線（京浜東北線でも可）で上野駅に行き、其処から常磐線快速で北千住駅に行き、其処から常磐線各駅停車で亀有駅に辿り着いた。ふう。文字通り「辿り着いた」と言う感じだった。亀有駅（コミック『こち亀』三人の銅像がある）からかなり歩いて（道にも迷って）学校に着いた。

司書室は解錠されており、そのデスクの上に丁寧な手書きの指示書が置かれていた。その指示通りに新聞の開架と清掃（水拭きと掃除機による）、書架の書籍の整理を行った。この学校は司書は二人体制で、十一時に定時制シフトの司書がやって来た。

と言う訳で、二つの職場には何とか溶け込めそうである。まあ、三月までの職場（四箇所）も、一箇所を除きそれほど無理なく慣れたと思っていたが。一月からの職場だけはかなり気を遣ったのは事実である。

来たるべく大きな仕事は四月の新着本の登録・装備だと思われる。それに五月分の選書であろう。図書館便りの作成もあるが、週一回の勤務なのでこれは私には回って来ないだろう。

四月六日木曜日の休憩時間に、学校の周辺を散歩していて、メトロ有楽町線の江戸川橋駅を見付けた。その日の帰りはこの有楽町線を使った。江戸川橋駅から飯田橋駅は一駅で、南北線との乗り換えもスムースであることが分かった。インターネットの乗り換え案内では分からないことである（出発駅と到着駅を入力するので、到着駅の変更は自分自身が考えなければ、或いは思い付かなければ検索出来ない）。そう言えば地図を見ていた時も、早稲田駅からの道筋だけを目で追っていたのが事実である。学校の周辺をじっくり見れば、江戸川橋駅の存在に気が付いただろうか？　尚《なお》、有楽町線を使っても料金は同じである。

翌七日金曜日は、出勤時からこの新経路を使った。

足で歩き目で見る事の重要性を、改めて思い知った出来事であった。

母の七七忌法要　四月十日（月）

四月九日日曜日は、生憎《あいにく》の雨模様だった。

この日は、母の七七（四十九日）忌法要を営む日である。本来は四月十四日金曜日なのだが、親戚の皆が集まり易い休日に繰り上げた（尚、繰り下げる事は出来ない仕来《しきた》りである）。

法要の始まる一時間前に菩提寺（日々雑感「墓参り」、日々雑感「母の死」、日々雑感「母の通夜、告別式」）に到着して、私は何時《いつ》ものように近所で花を購入した。

やがて、親戚がやって来た。母の妹（私の叔母・日々雑感「留守番電話」、日々雑感「従姉妹」、日々雑感「墓参り」）、その娘（私の従姉妹・日々雑感「留守番電話」、日々雑感「従姉妹」等多数に登場）、同じくその息子（私の従兄弟・日々雑感「祖母の二十三回忌法要」等）、母の従姉妹とその夫（日々雑感「母の通夜、告別式」）、父の姪（私の従姉妹・日々雑感「母の通夜、告別式」）で、私達（父と兄と私）を入れて九名である。

折悪しくこの日は母の従姉妹の一周忌（日々雑感「留守番電話」）と重なり、母方の親戚（母の従姉妹達・正しくは祖母方の親戚）はそちらに出席しているということだった。

本堂で読経が終わり、住職の講話があり、雨の中を墓地に行った。この林家の墓に祖母（日々雑感「祖母の二十三回忌法要」）が眠っている。石屋がテントを立ててくれていた。石屋が母の骨壺を納め、墓を元通りにした。住職が読経し、参列者全員が一人ずつ墓前で合掌した。

その後一旦寺の本堂横の控え室に戻って、三台のタクシーに分乗して新宿に向かった。持て成しの膳を供する為である。私が予約した日本料理店で行う。その店は新宿駅南口のJRの線路を挟んで向こう側（西側）、小田急ホテルセンチュリー・サザンタワー十九階にある。

飲み物はビールとウーロン茶にした。

献立は、先付が碓井豆豆腐（海老、黒数の子、花片百合根、旨出汁）、吸物が鯛しんじょ汁仕立て（姫皮筍、椎茸、人参、木の芽）、造りが季節の鮮魚二種、焼き物がサーモンの西京焼き（菜の花、蓮根金平、レディーサラダ大根）、組肴の揚物が春野菜天麩羅（新馬鈴薯、筍、蕗、独活、素塩）、煮物が道明寺蒸し（穴子、帆立、ドライ桜花、生姜あん）、酢物が蛍烏賊酢味噌掛け（新玉葱、茗荷、若布）、食事が桜海老茶漬け（海苔、三つ葉、あられ、山葵、香の物）、デザートである。

本来なら素晴らしい眺めを楽しみながらの食事が出来るのだが（地上十九階）、生憎の天気の為、眺望を愛《め》でることが叶わなかった。ＪＲ新宿駅を発着する電車が、動くジオラマのように真下に見えたのがせめてもの慰めだった。

自宅に戻ったのが夕方で、何時ものような夕食でなく押鮨を幾つか食べて終わりにした。勿論、ビールで献杯した。その日二度目になるのだが。

生前の母は、本日の昼のような料理が殊《こと》の外《ほか》好きだった。合掌。

新しい職場　四月十七日（月）

現在、月曜・木曜・金曜に勤務している職場は定時制・単位制の学校だが、他の都立高校と大きく違う点が一つある。それは「生涯学習」の講座があることである。講座は多岐に亘っている。

絵画・書道・毛筆硬筆・健康教室・テニス・陶芸初級・陶芸中級・パソコン初級・パソコン応用・エアロビダンス・ビジネス英語と、この稿を書きながら何やらリワークを思い出している。

受講生は皆成人で、一種の文化センター的な役割を果たしている。勿論、東京都民（若しくは東京都に勤務地がある）が条件である。

受講生は、名札を首に下げる事が義務付けられる。その名札には受講生ナンバーが記されている。図書室に来室する受講生は、まず登録手続きをしなければならない。本校の高校生は生徒証を持ち、図書室ではそれを提示すれば良い。我々司書がそのバーコード・ナンバーをスキャンして貸出し手続きをする。「生涯学習」受講生は、司書がまずその受講生ナンバーをコンピュータに打ち込み、登録をしてから貸出し手続きをする。四月は当然その登録手続きが頻繁に行われる。

現時点で二十名程の受講生の登録手続きを済ませた。受講生は私より年配者が多く、その学ぶ意欲に敬意を表したい。私だったら、引退した後、尚《なお》も何らかの学習をしようとするだろうか？　無論、今の仕事も学びの連続ではあるのだが。

リワークでは、「書道」が私にとって、最も大きな「学び」だった。若しくは「学び直し」だった。次は「リラクゼーション」である。「ピンポン」が三番目だろうか。「集団精神療法」は「学び」と言うより「勉強」だった（日々雑感「カーペンターズ」）。「勉強」とは、文字通り「強《し》いる」ものであり、自発的なものとは一線を画《かく》する。私は、病院での水曜日の午前中は、ある意味辛い思いをしながらも、メンバーの心中を推し量っていた。

反面、「書道」「リラクゼーション」「ピンポン」は楽しみながら、或いは悔しがりながら結果を出そうとしていた。実際に結果も出したと思う。

「書道」では、昔の教えを思い出し、〇〇先生から褒められた。自慢に聞こえるが事実です。「リラクゼーション」では、身体が確実に柔らかくなった。インストラクターのお陰です。「ピンポン」は、◎◎さんの存在無くして、あの結果を出すことは有り得なかっただろう。昨年十二月三日土曜日に◎◎さんとお話しした折、三度目の対戦に（私に）敗れた事が悔しかったと仰しゃっていた（日々雑感「冬物語」）。

「学ぶ」とは、そのような側面を持つものではないだろうか。よく、「学ぶ楽しみ」と言うが、「勉強」と「学習」の違いはその点にあると思う。

「生涯学習」受講生は「学ぶ楽しみ」を知っているからこそ、わざわざ受講しているのではないだろうか。いや、わざわざでは無い。時間を作ってでも受講しに来校しているのである。

新しい職場　四月二十四日（月）

毎週火曜日に、私は○○高校に勤務している（日々雑感「勤務先の変更」、日々雑感「二十九年度の初出勤」）。

この高校は全日制に「食品デザイン科」と「園芸科」があり、定時制に「農産科」がある。敷地は広く、農場もあるらしい（私は見たことは無い）。

私は週に一回の勤務なので、図書館便りの作成は回って来ないと思っていたが（日々雑感「二十九年度の初出勤」）、先日出勤したら九月の分の担当となっていた。なので、七月までの図書館便りを参考にして同じ水準の物を作るようにしたい。更に六月の選書をメインでやるようにとのことだった。これも責任重大である。先日は、取り敢えず二十冊ほど入れたが（パソコンに書名や著者名、出版社名と本体価格を打ち込む。ISBNという13桁の番号もである。これは書籍の裏表紙にバーコードの下に印字されている）、農産高校に相応《ふさわ》しい図書の整備が大切である。それは400番台の図書である。つまり、自然科学関係（特に食物・食品）の図書である。それに600番台でそこには園芸が含まれる。

日本図書十進分類表（アメリカの教育学者・デューイに拠る図書の分類法を基準とする）によると以下のような配列である。

000番台が、総記である。例えば、030は百科事典。

100番台が、宗教である。例えば、120が東洋思想（老子・荘子・儒教等）。180が西洋哲学（プラトン・ソクラテス・アリストテレス等）。

２００番台が、歴史である。例えば、２１０が日本史、２２０が東洋史、２３０が西洋史。

３００番台が、社会科学である。例えば、３８０が風俗習慣・民俗学・民族学。

４００番台が、自然科学である。例えば、４３０が化学、４６０が生物科学（農産物がここに入る）。

５００番台が、工芸（工学・工業関係を含む）である。例えば、５４０が電気工学、５９０が生活科学。

６００番台が、産業である。例えば、６２０が園芸。

７００番台が、芸術である。例えば、７４０が写真、７７０が演劇、７８０がスポーツ。

８００番台が、語学である。例えば、８１０が日本語。

９００番台が、文学である。例えば９１０が日本文学、９２０が中国文学（漢詩・漢文等を含む）、９３０は英米文学。

何処《どこ》の高校の図書館も、９００番台（文学）は充実している。特に９１３、９１６の日本の現代小説は、話題の新刊は必ず入れている。例えば、直近《ちょっきん》（最も近い）では村上春樹氏の『騎士団長殺し（上巻・下巻）』等である。この場合、９１３が日本文学のうちの小説を指し、「6」が現代（昭和以降）の作品を指し示す。

先日、女子生徒がデザートに関する参考書を借り出していた。自分で挑戦するのであろう。実習レポート作成で参考になる図書を借り出すケースも多いと言う。

三月までの勤務地は、全て工業系だったので、当然500番台の図書を充実させていた。選書の際もそれを配慮した。今回は文字通り畑違いの図書を充実させなければならない。

紹介文　五月一日（月）

職場の新着本の紹介を、五名の司書で分担する事となった。一人二冊の割り当てである。私は多数の新着本の中から『応仁の乱』と『素敵な日本人』を選び、早速《さっそく》読み始めた。

新しい職場は、司書が新着図書を読んでから紹介文（粗筋《あらすじ》を含む）を書く事になっている。『応仁の乱』は他の司書が選ばないだろうと思ってそれに決めた。『素敵な日本人』は私の他四名の司書が二冊ずつ選んだ後に残っていた新着本のうち、最も読み易い（私にとって）作品にした。

現在、『応仁の乱』は読了し、『素敵な日本人』に取り懸かっている。その他に『リーチ先生』と『城塞』と『聖女の救済』も読んでいる最中である。私は高校生の時、通学中の電車内で文庫本を、高校の図書館内で文学全集（世界・日本）を、夜寝る前に単行本を読んでいた事がある。三冊同時並行で読書していたのである。従って、私は四冊同時並行も出来る。最近（二月・三月）は五冊を同時に読んでいた。

『応仁の乱』（中央公論新書）は呉座勇一氏著の歴史解説書で、日本史に名高い割にはその実態が今一つ解明されていない〝応仁の乱〟を、独自の視点から解説した力作である。〝応仁の乱〟は誰しも高校の日本史の授業で習ったはずであるが。

『素敵な日本人』（光文社）は東野圭吾氏著の推理（？）短編集である。東野氏の作品はかなり読んでいるので、紹介文作成締め切りまでには楽に読了出来るだろう。

『リーチ先生』（集英社）は原田ハマ氏著の長編で、明治期に来日した英国人陶芸家と日本の陶芸家達の交流を描いた大河小説である。

『城塞』（新潮文庫）は司馬遼太郎（故人）の歴史小説で、〝大坂（大阪では無い）冬の陣・夏の陣〟を取り上げた秀作である。昨年ＮＨＫの大河ドラマ「真田丸」（日々雑感「ＮＨＫについて」、日々雑感「ドラマ」）で一躍見直された歴史的事件を、豊臣方・徳川方双方から描いている。

『聖女の救済』は東野圭吾氏著の長編で、テレビ・ドラマで人気を博した「湯川准教授（発表当初は助教授）」が主人公の長編推理小説である。所謂《いわゆる》〝ガリレオ〟シリーズの一冊になる。

『城塞』に於いて歴史通なら誰でも知っている〝方広寺鐘銘事件〟は、釣鐘《つりがね》の銘文に「国家安康」「君臣豊楽」の文言《もんごん》があり、「国家安康」は家康の「家」と「康」が離されている事から家康を呪詛《じゅそ》（呪い殺す）する意図があるとされ、「君臣豊楽」は豊臣家の繁栄を願う意図とされた。どちらも徳川方のこじつけであるが、これを以て豊臣方に最後通牒（豊臣秀頼の江戸出府、豊臣家の大坂城からの退出、秀頼の生母・淀殿の人質）を出した。当然の事ながら、豊臣方がこれを拒否すれば開戦の口実《こうじつ》（理由付け）となる。

この状況は何やら、太平洋戦争開戦直前の状況に酷似《こくじ》（よく似ている）している。私は当時（昭和十六年）の首脳部が大英断を下し、中国大陸からの撤兵を行っていれば歴史は変わっていたかも知れないと述べたが（日々雑感「終戦記念日」）、豊臣家も徳川方の要求（豊臣家には屈辱的ではあるが）を飲んでいれば（文字通り涙も飲んで）、日本史は変わっていたかも知れない。豊臣家は小大名として存続していたかも知れないのである。徳川方の遣り口は汚いと言う論評も出来るが、それに乗ってしまった豊臣方も状況判断を誤り、将来への道筋を見通す事が出来なかったという点で、優れた指導者が存在しなかった事実を見逃してはならない。全ては指導者の力量に帰結するのである。

宿　題　五月八日（月）

日々雑感「時刻と方角」の最後に、黒房下・青房下・赤房下・白房下の話をしたが、「黄の房」があるかどうか、大阪場所で確かめて下さい、と宿題（?）を出した。大阪場所はとっくに終わって、もうすぐ五月場所（東京）である。答えは「黄の房」は無い、である。それなら、「四神」の上に立つ（最高位である）「黄」は何か？　私は相撲の「神聖な」土俵という表現をしたが、この土俵こそが「四神」に守られている「黄」なのである。

相撲の世界には「神聖な」土俵には、女性は上れないという不文律がある。女性蔑視だ、セクハラだと非難もあるかも知れないが、千秋楽での表彰式に女性が上ったのを私は見たことが無い。考えてみると、柔道もレスリングも女子選手が活躍しているのに、相撲だけは女性を閉め出している。

過去にも女性が閉め出されていたことは他にもあった。例えば、富士山である。信仰の対象である富士山そのものが御神体であって、江戸時代までは「女人《にょにん》禁制」だった。同じような山や寺社が幾つかあった（現在は女性登山者や参拝者を歓迎しているが）。「女人禁制」があれば「男子禁制」もある。例えば江戸城内の「大奥」である。但し例外があり、それは勿論徳川将軍その人である。

「大奥」は御存じのように、将軍の正室の他に側室候補者を大量に抱えていた場所である。その側室候補者の世話をする係も居た。勿論、正室の御世話係もである。

八代将軍・徳川吉宗は、将軍就任時からこの「大奥」を縮小しようとしたと言う。幕府の抱える財政難の一つに贅沢を専《もっぱ》らにする「大奥」の存在があったからである。そしていよいよ「大奥」のリストラを始めた。歴史通には有名な話だが、彼（将軍・吉宗）はまず、美貌の女性達から解雇した。美貌であれば、実家に戻ってもすぐに良い縁談があるであろうという配慮からだった。「大奥」での行儀見習いは花嫁修業でもあった。申し分無いと考えたのである。そして、かなりすっきりした「大奥」に残った女性達は……。

私がこの歴史的エピソードを紹介したのは、（あらゆる）改革は（行政改革・構造改革）、発想の転換から始まるということを述べたかったからである。普通の将軍なら、美貌の女性達を自分の傍近くに残しておくだろう。しかし、吉宗はそうしなかった。私なら、どうしたであろう（例の人の立場に立って考えるケースである・日々雑感「取って置きの話」）？

私の答えは、「美貌の女性も数人は残す」である。彼女達に懸かる経費（「化粧料」と言う）は馬鹿にならないが、少しは眼福《がんぷく》（女性の美しさを愛《め》でること、目の保養）をしたいので、他を切り詰めるしかない。では何処《どこ》を切り詰めるのだろう？　食事や衣服は、既に紀州藩主（吉宗は、紀州徳川家出身）時代から実践して来た。ならば将軍にのみ許される贅沢を我慢するしかない。吉宗は軍事演習を兼ねた鷹狩りを好んだと言うが、この回数を減らすのがまず頭に想い付く解決策である。鷹狩りの効用は「武士の本分」を再認識させるものと評価されているが、太平の世に軍事演習を何度もすることもあるまい。と思うのは私だけであろうか？

発想の転換　五月十五日（月）

前回の稿で徳川吉宗の改革（歴史上は「享保の改革」と呼ばれる）を紹介したが（日々雑感「宿題」）、余りテーマに沿ったものではなかった。私はよくこの癖が出てしまう。言い訳になるのだが、書いているうちに思考が他に（関連はあるのだが）移ってしまうのである。

吉宗の「大奥」改革は、優れた手法だったし、私には出来ない事も述べた。まあ、それはそれとして、発想の転換は見事である。問題は時代時代のリーダー達が、優れた決断と手法で難局を乗り切ったかという点である。

何度も言うようだが、昭和初期のリーダー達は我が国を破滅に導いた（日々雑感「終戦記念日」）。戦後のリーダー達は、国を高度経済成長に導いたとされている。しかし、実際は国民一人一人が汗水流して働いた結果と、朝鮮戦争の勃発の結果なのである。決してリーダー達の手腕では無い。更に、日本経済は所謂《いわゆる》バブル期を迎えた。バブル（泡）だから執《いず》れは弾ける。しかし、当時はバブルが弾けると考えた者は少なかっただろう。これらは、あとから見て論評する事例である。

マルクス、レーニンの唱《とな》えた共産主義は、ソビエト社会主義共和国連邦の崩壊という歴史的事実によって、初めて否定された。もう一つの共産主義の大国・中華人民共和国も、共産党の一党独裁ながら、経済は資本主義にシフトし、貧富の格差は広がるばかりのはずである。日本に大挙来日して、爆買いする中国人は、中国では富裕層に属する人々である。十億以上の人口を抱える中国人の一部に過ぎない。残る共産主義国家は？　キューバはアメリカ合衆国と国交を回復し、資本主義の導入に余念が無い。メジャーリーガーを目指して亡命する野球選手もいなくなった。

従って、現在共産主義を堂々と掲げているのは、朝鮮民主主義人民共和国である。一党独裁で、尚且《なおか》つ指導者が世襲である。独裁体制として、これほどはっきりした国も珍しい。

その国を嘗《かつ》て併合していたのは日本である。この歴史を知る人は少なくないにも拘らず、朝鮮半島の問題を論評するのに余り取り上げられない。彼《か》の国は、第二次世界大戦後に大韓民国と分裂したことになる。

つまり、日本が戦前に朝鮮半島を侵略しなければ、現在の状況を生んだとは限らないという事を指摘しておきたい。

韓国・北朝鮮共に、外交で「お詫び・謝罪」「少女像」「拉致」が問題になっているが、日本のこれからを担《にな》う若者達が、これ等の歴史を学んでいるか、そこから何を学び取って向き合って行けるかである。優れたリーダーよりも、極めて常識的な国民こそ、国の命運を握っているのではないか？

リーダー・シップは良く聞く言葉だが、フォロア・シップという言葉は余り聞かない。リーダー・シップはある意味容易《たやす》い事柄である。そして、そのリーダーを選ぶのは、有権者一人一人のフォロア・シップなのである。

絶対に許されざることながら、アドルフ・ヒトラーは選挙という民主的な手続きを以て首相になっている。ヒトラー率いる国家社会主義ドイツ労働者党（蔑称・ナチス、党員は自分達をナチスとは言わない）にドイツの未来を託したのである。そして、ナチス・ドイツも滅んだ。

優秀なリーダーを選ぶ前に、まずは自分達を取り巻く状況を冷静に判断し、未来を選択する力を一人一人が持たなければならない。

定例会への復帰　五月二十二日（月）

母の七七忌の法要を終えて、私は定例会（別名・火曜会）に復帰した。

四月からの火曜日の勤務地は葛飾区である。亀有からどうやって練馬の地まで行けば良いか？　私は鉄道路線図を検討した。インターネットの乗り換え案内は、自分の下した方法が適切であるかを判断する為にのみ使う。何でもインターネットで検索というのには、私は反対である。まず、自分で調べて考えよ。これが私の信条である。

結局、亀有駅から北千住駅まではJR常磐線各駅停車で戻り、北千住駅から日暮里駅（上野駅の一つ手前の駅）までは常磐線快速（若しくは上野・東京ライン・東海道線直通）で戻り、日暮里駅から池袋駅までは山手線で行き、池袋駅から西武池袋線で練馬駅に赴く事にした。これが、私の考えられる最短ルートである。池袋駅までは幾つもの駅を停車するが、池袋駅からは練馬駅まで快速や準急で一駅である。快速急行にさえ乗らなければ良い。快速急行は練馬駅を停車しない。リワークに通っていた頃、小田急の快速急行に乗ってしまって新百合ヶ丘駅まで連れて行かれた経験を思い出した。

定例会は相変わらず、練馬で四回、練馬春日町で一回のローテーションで行われている。練馬春日町は沖縄料理の名店で、其処までは練馬駅から都営大江戸線に乗り換えが必要である（日々雑感「定例会」）。前回の会で、そろそろ新規開拓をするか？　という話題になった。そこで、今回（五月九日）は私にとって初めての店に行った（他のメンバーは知っていて、今までにも利用した店）。其処は熊本料理の店で当然、馬刺が名物である。後は何と言っても清酒である。料金は、今までの店より若干《じゃっかん》高い。

しかし、肝心なのは家族連れが来ないことである。先週（五月二日）、我々のテーブルの隣に東急ハンズのビニール袋を下げた四名の家族が来店した。私は頃合いを見計らって、スタッフに「女将を呼んで」と言った。程《ほど》無くして女将がやって来た。表情はやや強張っている。当然、私が何らかのクレームを言うと思ってのことだろう。私は「移動出来ない？　例えばあっちの席に、襖《ふすま》を閉めて」と言った。女将は立ち所に理解し、「あちらの御席は御予約がありまして。一階であれば御席を御用意出来ます。但し煙草を御吸いの御客様がいらっしゃいますが」。我々は何の相談もせずに一階に移動する事にした。

隣のテーブルの夫婦は不思議に思ったであろう。自分達の存在（正しくは子供達）が迷惑などとは思いもしないだろう。だから、家族連れで居酒屋に来るのである。若しも仮に、あの大人達（我々の事）が手に手にグラスを持って下に行ったのを見て、考えを巡らせてその意図を察知出来ればまずまずである。しかし其処まで考えられるとは思えないが（笑）。

客は自分の事しか考えない。コードのある店も少ない。

私の馴染みのフレンチは「お子様は小学校上級生から」とコードを明示している。そのような店は今や少ない。従って大事になるのは、客のエチケットである。マナーと言うほどの事でも無い。エチケットとマナーの違いは別の機会に譲るが、我々の定例会では暗黙の了解が存在し、店にも其れをさり気なく伝えている。前回の店の女将のように、理解出来ればまた利用するだろう。実際にその店はローテーションに入っていた店なのだが。言っても分からない所へは、行ってもしょうがない（笑）。

再会　五月二十九日（月）

五月二十日土曜日、私は四週間振りに登戸駅に降り立った。病院での診察日である。待合室で相変わらず待たされながらふと見ると、其処《ここ》に見かけた人物が居た。リワークのメンバーだった方ではないか？　しかし私は間違ってはいけないと思い、声を掛けなかった。私の診察の番が廻って来て、また四週間後の診察の予約を入れて頂いた。最近は三週間から四週間に間隔が延びている。会計に呼ばれて診察料を支払い、横を見たらデイケアの方とリワークのメンバーだったK氏が話をしていた。挨拶をして、「Mさんもいらっしゃいましたよね？」と訊ねたら「そう、それにSさんも居ますよ」と教えて頂いた。S氏は目の前のチェストに座って診察を待っていた。S氏とも挨拶をした。これだけの元メンバーと会うのは初めてである。私は実はK氏とは四週間前に久々の再会を果たしていた。スタッフが鋭く見抜いた「三週間に一度の呑み会」に私が出席出来なくなったのをK氏は心配されていたようである。ショート・メールで事情を伝えたはずなのだが。今回は金曜日なら何時《いつ》でも連絡してくれと頼んだ。

さて、スタッフにこの日々雑感を渡すべく階段を見たらフェンスが閉じている。デイケアの行われない日らしい。アナウンスで「家族説明会」があるとのこと。エレベーターで二階に行くことも考えたが、止めにした。次回にまとめて渡せば済むことだからである。

其《そ》れよりも、耳寄りな話を伺った。あくまで伝聞《でんぶん》（人から聞いた事、又聞き）であるが、スタッフの左手の薬指にきらりと光る物があったと言うのです。真《まこと》の事ならば、おめでとうございます。

　そこではたと気が付いた。スタッフが病院を〝寿退社〟する可能性があることをである。そうすると、この日々雑感は誰に渡せば良いのか？（笑）

　勿論、この随筆は私自身の為に書いている。それを近況報告的にスタッフに提出して来たものである。とは言え、スタッフが読んで下さっているであろうことを、意識して書いていたのも事実である。

　私は或る所で、「失敗は成功の母である」と言った人物を紹介した。誰だか御存じですか？　そこで「失敗が成功の母なら、父は誰だろう？」と質問を発した。幾つかの答えが予想されたので、私は全てが正解かも知れないと前置きして、自分の答えを披露した。

「成功の父は、小さな成功」だと。

　失敗で人間は間違いなく成長する。しかし、大きな失敗は痛手となって弱い人間は成長を止めてしまうかも知れない。それに対し、小さな成功は、小さくともその人物にとって成功体験となって自信に繋がる。これが人間の成長の基本ではないだろうか。

　ＮＨＫの大河ドラマ「女城主・直虎」で、井伊家の嫡男《ちゃくなん》（跡継ぎの男子）の学問仲間に

「手加減は無用にせよ」と命じた直虎は、その後五目並べで負け続けて、ついに寺に行かなくなってしまった（今で言う登校拒否）嫡男をどうすれば良いか悩んでいた所、旅の者が「勝ちの味を覚えさせれば良いのでは」と助言する。手加減無用の真剣勝負で、五目並べに勝つにはどうしたら良いか？　小野但馬守《おのたじまのかみ》と言う家老がその甥（学問仲間の一人）に、勝つ秘訣は只一つ、先手を取ることだと教える。五目並べも囲碁も先手は黒石で、白石は後手である。嫡男は身分が上なので白石を使う。白石は材料が高価な石だからである。学問仲間は当然黒石である。それでは、後手は勝てなくて当然になってしまう。では、後手である者はどうすれば良いのか？

答えは次回に廻します。

方策　六月五日（月）

前回、井伊直虎が嫡男に五目並べの必勝法を授けたと述べたが（日々雑感「再会」）、必勝法は小野但馬守が言った「先手を打つ」ことに尽きる。では直虎は何を言ったのか？

「負けたら、もう一勝負」と言いなさい、である。これは直虎が、当時の戦国武将で最大の領地を誇る今川家（駿河・遠江・三河）に人質に行った先で得た経験に拠るものである。今川家では公家風の遊びをしていた。例えば蹴鞠《けまり》である。直虎はやったことがないから、いつも自分が失敗して悔しがった。そこで「もう一度、お願い致します」と頼んで、相手が疲れて来た時に失敗し、自分が勝った（?）経験を嫡男に教えたのである（嫡男と書いているが、直虎の子ではない）。

嫡男は、後手だから最初は負け続けたが、「もう一番」と繰り返し、勉強仲間の集中力が落ちた時に、見事五目を並べて勝ったのである。

このエピソードは、実に重大な真理を伝えている。

それは、最後まで諦めない、負けない工夫をする、人の話に耳を傾ける、後進の者を育てる等、現在にも活かせる教訓なのである。

とは言え、どうするのか？　という方法論が確立していないと、目標の実現は難しい。現在〝ハウ・トゥ物〟の書籍の出版があとを絶たないのも、方法を知らない者が大勢いるからであろう。

軍事用語で、日本人には聞き慣れない言葉の〝戦闘教義〟と言う概念がある。英語でB

ATTOL DOKTORINと呼ばれているものである。これは戦場で勝利を得るための方策で、日本に於ける戦国時代では〝戦法〟と言われたものである。「孫子」その他の古代中国の軍略家達は、「戦略・戦術・戦法」と独自の理論を展開したが、その〝戦法〟が〝戦闘教義〟なのである。古代ギリシアの時代でもこの〝戦闘教義〟の開発が、国家の命運を左右したと言って良い。カルタゴ（現在の北アフリカの一部）のハンニバルと言う将軍が身に付けた〝戦闘教義〟は極めて優れていて、敵対する古代ローマ（ローマ帝国の前身）を苦しめた。その〝戦闘教義〟はマケドニアのアレキサンダー大王が父王フィリップ二世から引き継がれたものと言う。

どのようにすれば、勝利を得ることが出来るか？「勝敗は兵家の常」とは言われる。しかし負けたら国（若《も》しくは家）が滅びるとなったら、君主（家長）は全身全霊で、戦略・戦術・戦法を練る必要がある。勿論、君主を支える家臣の存在は大きいと言えよう。

戦国時代、最大の局地戦と言われた「川中島の戦」は、武田信玄と長尾景虎（後の上杉謙信）との激突とされている。既に武田方の支配地域である川中島（北信濃）に海津城を築き、甲府（甲斐の国の府中・府中は国毎《くにごと》にあった。例えば武蔵の国の府中は文字通り現在の東京都府中市にあった）を進発した武田勢は一万六千。越後・春日山城を進発した長尾勢は一万三千。数の上では武田方が優勢である。長尾景虎は一部の兵（五千）を善光寺方面に残し、妻女山に陣を敷くべく悠々と登り始めた。其処からだと標高が高いので海津城が丸見えになるのである。これを見た海津城の武将（高坂弾正《こうさかだんじょう》）は「今打ち出せば長尾勢の最後尾の五、六百は討ち取れる」と思ったが、本隊が到着するまでは行動を禁じられていた。頭を押さえられた形の武田方は、信玄率いる本隊が茶臼山を登った。茶臼山は妻女山よりも標高が高い山である。つまり逆に長尾勢の頭を押さえたのである。こうして長尾勢は「死地」と言われる場所に居ることとなった。ところが、これこそが長尾景虎の作戦だったと言われている。「死地」に居る長尾勢に、武田方が戦を挑んで来るのを待っていたのである。この駆け引きは、様々な形で後世に伝わった。正に勝つ為の方策が詰まっている話である。

川中島の戦いの結末は、次回に譲ります。

川中島　六月十二日（月）

　永禄四年（一五六一年）、長尾景虎は八千の兵を率いて妻女山に陣取っていた。対する武田信玄は一万六千の兵と共に茶臼山に陣を敷いた。これは、妻女山の長尾勢を「死地」に追い込んだかに見えた（日々雑感「方策」）。信玄は忍びの者に長尾勢の様子を探らせたと言う。忍びの者の報告では、一般の兵達は不安がっている、将の者共は、或る者は不安気になり、或る者は御屋形様（主君・この場合は長尾景虎）の存分にと平静で、或る者は酒を飲んで黙って語らず、ということだった。大将・長尾景虎は大変機嫌良く、鼓《つづみ》等を打っている、とのことである（景虎は鼓の他に琵琶、笛と楽器が出来た）。信玄は愕然とし、相手を「死地」に追い込んだつもりが、自分が相手の餌に食い付く所だったと思い知った。景虎が乾坤一擲《けんこんいってき》（伸るか反るかの大一番）の勝負を誘っていたのである。そこで信玄は秘かに大軍を海津城に移動させた。物見の知らせで、景虎は好機を逃したと悔やんだが、そう言えば前日夕方の炊事の煙は只事で無い様子だったのを思い起こし、これを反省した。

海津城に入った武田勢は合わせて二万、当然城外にも野営したが、城内の窮屈さは時と共に深刻なものになっていた。そこで、山本勘助が味方を二手に分け、一万二千で妻女山を夜襲する、長尾勢は勝っても負けても山を下りるだろう、そこを八千の本隊が川中島の八幡原で待ち伏せし、長尾勢を打ち負かすという作戦を立案した。世に名高い「啄木鳥《きつつき》戦法」である。啄木鳥は木の穴の反対側を嘴で突つき、驚いた虫が穴から出た所を正面に廻って獲物をパクリとする。この戦法は山本勘助の考案では無く、信玄自身のものという説もある。何《いず》れにせよ、一万二千の別働隊は夜中に出発した。

ところが、景虎は海津城から立ち上る炊事の煙に気付き（前回の経験を活かし）、武田方の動きを予測し、全軍夜中に山を下り千曲川を渡って八幡原に陣を敷いた。頼山陽《らいざんよう》（江戸時代の軍学者）の詩に名高い「鞭声《べんせい》粛々夜河を過《わた》る」場面は、渡河の際に馬の轡《くつわ》に藁を噛ませ音を立てないようにしたことを言う。

さて、信玄も八幡原に陣を敷くべく行動したが、奇襲部隊からの報告が来ない。山本勘助は単騎最前線へ物見に出た。折からの霧で視界が狭い。そこに軍馬の響きを聞いた。初めは奇襲部隊がやって来たのかとも思ったが、妻女山での戦の音は聞こえなかった。ということは……。やがて霧が晴れ彼の前に、戦闘を開始するまでになっている長尾勢の兵達を見た。仰天した勘助は本陣に急ぎ戻り報告した。信玄は慌てることなく「鶴翼の陣」を敷かせた。「鶴翼の陣」とは、鶴が翼を広げたようにV字型に陣を張るもので、本陣は最後部になる。信玄は内心は自分の戦法を見破られ穏やかではなかったはずである。別働隊が到着するまでの辛抱だと自らに言い聞かせたに違いない。

やがて長尾勢の攻撃が始まり、武田方の幾つかの陣が危うくなった。信玄の弟・典厩《てんきゅう》信繁《のぶしげ》や初鹿野源五郎、山本勘助が戦死した。長尾勢が武田方本陣までに肉薄した正にその時、妻女山に夜襲を掛けて空振りに終わった別働隊、一万二千が八幡原に駆け付けた。長尾勢は善光寺方面に退却し、犠牲者を多く出したと言う。この際、景虎が信玄本陣に単騎突入し、一騎打ちをしたと『甲陽軍鑑』（江戸時代の軍学書）にあるが、これは恐らく作り話であろう。『甲陽軍鑑』では「午前中は越後勢の勝ち、午後は甲斐勢の勝ち」と記している。

結果は引き分けである。歴史家は川中島を含む北信濃は武田領となっているので、武田の勝ちと評している。しかし、私は別な点から見るとそうとも言えないと思っている。それは、武田方二万と長尾勢八千が激突したこの戦いが引き分けに終わったということは、長尾勢の雄略を物語るもので、川中島の実質的支配とは別の軍事的な価値を見出すことが出来るはずである。
考えるということは、実に面白く且つ残酷なことでもある。

人間の三角形　六月十九日（月）

最近、或る所で私はこのような話をした。

「人間とその他の生き物とを区別するものは何でしょうか？　良く言われる答えに、道具を使うこと、言葉をしゃべること、文字を書くこと、火を扱うことが挙げられます。しかし、道具に関しては、チンパンジーやその他の霊長類が堅い木の実を石で割ったり、木の洞《うろ》（空いた穴）に溜まった水を葉を柄杓《ひしゃく》のようにして飲むことが、研究者の報告で明らかになっています。また言葉に関しては、鯨や海豚《いるか》が群れを成して泳ぐ際、先頭の一頭が天敵等危険を察知したら声を発して後続の群れがコースを変えることも研究者の報告にあります。文字に関しては、犬が散歩の際要所要所に小便をして縄張りを主張します（マーキングと言うらしい）。尤も、良識のある飼い主は、ペットボトルに入れた水を掛けて近所に迷惑を掛けないようにしていますが。つまりメッセージを発することも受け取ることも出来るのです。火に関しては流石《さすが》に起こすことは出来ませんが、自然発生する山火事等で怖いことを学習し、直ぐ逃げることが出来ます。

すると、其れ以外で他の生き物と決定的に異なるものとは何か？　これを『人間の三角形』と呼んでいます」。私は其処で紙に三角形を書く。

「人間は、本能に従って『美しいもの』を追い求めます。物でも、物語でも、デザインでも。これが『芸術』として体系化されました。己《おのれ》の芸術の為なら、どんなことでも厭《いと》わないという『芸術至上主義』も生まれました（私は賛成出来ませんが）。芥川龍之介や太宰治はその典型です。

さて、この『芸術』を三角形の頂点にして残る二つの頂点は何か？　一つは、人間が常に考えて来た真理を追究する心です。人間は何処に住むのが快適か、河の近くで文明が発生したのは皆さん御存じの通り（エジプト文明・メソポタミア文明・インダス文明・中国文明）、何時雨期が来て河が氾濫するか、これで気象学が生まれ、堤防を築くには何が必要かということで土木技術が発達し、敢えて堤防を決壊させる事で乾いた大地に水を入れる時季はと観測して暦が作られました。つまり必要に迫られて（しかし本能的にも）『学問』が発達したのです。因《ちな》みに、ニュートンが万有引力の法則を発見したのは、林檎《りんご》が木から落ちたからではなく、当時ペストが大流行し、彼が田舎に避難していた時に考えついたものです。偉人の伝説にありがちな間違ったエピソードなのです（笑い）。

では、最後に残る一つの頂点は何でしょうか？」

或る所で「愛」と言う答えが返って来た。私は内心感心したが（目の付け所が良い！）、「その場合は四角形なります」と、その答えを否定はしなかった。

別の所では「プライド」という答えが返って来た。ここも私は否定せずに「その場合、四角形になります」と答えた。

人間のみが追求出来た「三角形」。一つは『芸術』。もう一つは『学問』。さあ、読者の皆さんはもうお分かりだろうか？

『芸術』は『美』を追求し、『学問』は『真』を探究し（探求ではなく）、あと人間が必要に迫られ本能的に察知し、追い求め極めようとしたものは何か。

答えは次回に譲ります（笑）。

続・人間の三角形　六月二十六日（月）

人間の三角形の頂点は三つです。一つは『芸術』、一つは『学問』。残る一つは？

それは、人間が『美』『真』の他の何かを本能的に、しかも理性的に探究したものです（「探求」はあるものを捜して得ようと努めること、「探究」はある物事の真の姿やあり方を探って見極めること。岩波国語辞典）。

もうお分かりかも知れないですが、それは『善』です（「真・善・美」という言葉があります）。

古代中国の思想家に孟子と言う人がいて、『性善説』を唱えたのは高校の倫理社会で習ったと思います。曰《いわ》く、『人間は生まれながらにして善い心を持っている』と。一方、荀子と言う思想家は『性悪説』を唱えました。曰く『人間は生まれながらに悪い心を持っている』と。どちらも、だから善い行いをしよう、それが出来る心を持ちましょうと説いています。

古代ギリシアの思想家達は、更に多くの事例を挙げながら『善』き心、『善』き行いが如何《いか》に重要かを説いています。

物事の真理に洋の東西を問わないことが、これでも分かります。

ではこの『善』なるものを探究した、『人間の三角形』の最後の頂点とは、何でしょうか……。その答えは『道徳』です。

読者の皆さんは、小学校・中学校を通して学んで来たと思います。そこで例えば、我儘《わがまま》な行いを慎《つつし》む心や、思い遣りの精神や、命の尊さ、相手の立場に立とうとする姿勢、公平な考え方といった様々な『徳目』を身に付けて来たに違いありません。

『人類の脳のレベルは、約十万年前に登場して以来、少しも変わっていない。人類は環境に適応しようと進化するが、自然科学も、社会科学も道徳に対しては無力であり、人類は道徳的に進歩しない』と、ハーバード大学教授のスティーブン・グールド博士は喝破《かっぱ》（真理を明らかに言うこと）しています。何故なら、いまだに世界中の何処かで内戦や紛争や、テロの犠牲者が出ています。この稿を書く一日前にロンドンで爆破テロがありました。我々は命の尊さを学び、相手の立場に立とうとしながらも、尚且つ殺し合いを止めようとしません。いや、出来ないのです。グールド博士の言う通りなら、人類は今後も殺し合いを続けていくことになるでしょう。

人類が地球上に登場してから、地上に於いて全く平和だった期間は百年と無いという驚くべき研究結果もあります。

では『道徳』を修養する事は無意味なのでしょうか？　答えは否です。みんなが『道徳』を修養しなければ、世の中は惨憺たる状態となるからです。

人類はその経験から、戦争の無い世界を目指して、二度挑戦しています。

一つ目が『国際連盟』の創設です。二つ目が『国際連合』の設立です。

『連盟』は第一次世界大戦の惨禍を目の当たりにした世界が、その抑止にしようとしたのですが、残念ながら第二次世界大戦を止める事が出来ませんでした。

『連合』は今現在も活動中ですが、世界の〝憎しみの連鎖〟は後を絶たない状況です。では、絶望なのでしょうか？　一縷《いちる》（わずかな）の望みは『人間の三角形』を一人一人が持つことであり、その三角形の頂点を大きく延ばして行くことなのではないでしょうか。

武蔵溝の口　七月三日（月）

六月十七日土曜日は、私の診察日である。

料金を支払い、その日は階段が使えたので私は二階に上がった。ぐるりと廊下を廻って、リワーク室では何かのプログラムをやっているのを聴き、食堂では何人かのデイケアのメンバーが居るのを見て、スタッフ・ルームの窓を覗いた。スタッフが一人で仕事をしていた。ラッキー。私はガラス窓をノックし、スタッフは廊下に出て来てくれた。

八週分の「日々雑感」を手渡し、○○さんに見せるものですねと言われた。そしてスタッフは○○さんのことを「最近益々お美しくなられて」と、確かに（！）言った。やはり。今度会った時には、きちんと御祝いを言わなければならない（笑）。

そして、日にちは流れて……。

六月二十三日金曜日、私は久しぶりに武蔵溝の口のＪＲ改札前に立っていた。

何ヶ月か振りの、例の「呑み会」参加の為である。今日は何と十五名の参加という事らしかったが、土壇場のキャンセルが相次ぎ、私を含めて九名となった。初顔合わせの方も居た。

職場から此処までは、江戸川橋駅から東京メトロ有楽町線で永田町駅まで行き、同じく半蔵門線（東急田園都市線に相互乗り入れしている）で辿り着いた。ふう。

以前、私の診察日の後の呑み会は、登戸駅からＪＲ南部線で武藏溝の口に行けた。帰りは、東急で渋谷駅に戻り新宿駅まではＪＲ山手線を使った。新宿からは歩いて自宅へ帰った。現在も土曜日の診察日は、新宿までは徒歩で往復している。運動しないとまたメタボ予備軍に入れられてしまうからである。

「呑み会」の参加者は、Ｋ氏、Ｋ氏、Ｋ氏、Ｋ氏、（何とＫ氏の多い事！）、Ｍ氏、Ｔ氏（彼は時刻を間違えて遅れて来た）、Ｉ氏（デイリーミーティングでお会いしている）、Ｗ氏（初対面）と私である。数は合っているかな？

適当な（？）近況報告をして、三時間飲み放題のコースという事で、私は生ビール二杯の後はハイボールにした。暑くなかったら生ビールは一杯にしたかったのだが。

そして二時間を過ぎた頃、私はまだ「締め」の蕎麦等が出される前に、宴《うたげ》の席を立った。幹事のＫ氏（どのＫ氏か？）に断って、皆に挨拶して店の外に出た。Ｍ氏が出入り口まで送ってくれた。

何故、早く帰ったかって？　それは勿論、家が遠いからですがそれは表向きの理由。最後まで居れば、アルコールの量が必然的に増える。それなら、ソフト・ドリンクを頼めば良いと思われるが、そこが酒飲みの悲しいところ、ウーロン茶等で「繋《つな》いで」いても、夜はどんどん更けて行く。ならば早く帰った方が良い。

以前のメンバーとの呑み会は楽しかったが、私は「深酒はしない」というリワークでの学びを実践しているのです。あと、スタッフの例の件です。私は何も言ってませんからね。次回の私の診察日は七月の十五日土曜日。それまでにもう一回「呑み会」が企画されるか、幹事の腕の見せ所と言うべきでしょうか。

七夕の会　七月十日（月）

七月七日金曜日午後六時過ぎ、私はホテル・ニューオータニのフロントを通過していた。「七夕の会」（日々雑感「年末に当たって」）に出席する為にである。服装は夏の勝負服

（日々雑感「ハローワーク」）にグッチの革靴、ヴィトンのパウチを抱えてである。

会場は本館十六階の中華料理店である。眺めは抜群。料理の味は後でのお楽しみ（笑）。

私は当然の事ながら一番乗りした（地元なので遅れを取る訳には行かない）。

そのうちに参加者が集まり始めた。総勢二十五名の宴会である。

主賓の挨拶と乾杯の後、会食・懇談となった。昨年再会した元教え子も遅れてやって来た。食事の中盤に出席者一人一人が挨拶をした。皆、近況報告的なものだった。

私の番になった。私は近況報告をしない。

「生意気な方の林です（もう一人同姓の人物が居たので）。スピーチとスカートは短い方が良い、と言うフレーズは○○先生の良く遣われたものだったと思いますが、今夜ばかりはロングでないとならない事情がありまして。勿論スカートでは無くスピーチの方ですが」

私は幹事の方に「△△さん、少々お時間を頂けますか?」と聞いて快諾された。「去年の今日、私は恵比寿の洒落たお店で受付をしていたら、受付の方に『□□中に居た林先生ですね』と言われて、〝びっくりぽん〟でした。その方は私が初めて異動した学校の三年生だったのです」このようにして話を始めて、この会の母体である中学校に転勤した経緯《いきさつ》を披露した。その時の管理職と次の管理職のエピソードを紹介して、最後にこの会の事務局を務める元ＰＴＡ会長（現同窓会会長を兼務）のエピソードを披露して話を終えた。時間にして約七分。「七夕の会」の七に因《ちな》んでの七分だった。

自分で言うのも何だが、起・承・転・結のはっきりしたスピーチだったと思う。拍手喝采だったからネ。

スピーチの極意は、全部を言おうとせずに省《はぶ》く所は思い切って省略して、話題は四つを越えないことである。特にこの「七夕の会」は出席者も多く、挨拶に時間が掛かる。来年も開催されるので、次回に回せるものは次回に譲ることが肝要である。

私はその職場に九年間在籍していた。であるから誰よりも（教員関係では）よく知る立場にある。人の知らない事まで知っている人間なのである。

来年の七月七日は土曜日なので、好都合である。□□中の同窓会（同期会）が毎年七月の第二土曜日に開催されているとのこと、今年は遠慮したが、来年は是非参加したいと思うからである。皆四十代のおじさんおばさんになっていると思うが。解散の際に、彼女からその場で私の携帯に電話して貰った。彼女はスマートホンに「林孝志先生」と名前を登録してくれた。有り難いことである。

そうそう、料理は中華風サラダ、海の幸と黄ニラの炒め、飲茶二種、揚げ豆腐と豚肉の芥子炒め、冬瓜と春雨の煮込み、牛肉あんかけ焼きそば、杏仁豆腐であった。品数がやや少ないのは、場所代の関係だろうか？　味は当然のレベルでありました（笑）。

海の日　七月十七日（月）

七月十五日土曜日、私は病院で診察を受けた。支払いを済ませて、左手の階段を見るとフェンスが閉じられている。待合室で順番を待っている時「家族ガイダンス」のアナウンスがあった。また四週後に八回分の「日々雑感」を持って来る事になるのかなと思っていると、K氏が順番を待っていた。私は彼に近寄り、先日の呑み会（日々雑感「武蔵溝の口」）の御礼を言った。またやりましょうということになり、K氏が先日リワークにOB参加した際、M氏やO氏が来ていたと言う。O氏はあの呑み会をドタキャンした一人だった。そんな話をしていたら、事務室の奥のコピー機の傍《そば》に見慣れた人を発見。ラッキー。彼女はコピーを終えて私達の方に来てくれた。こうして私は四週分の日々雑感を渡すことが出来た。そして、○○さんにおめでとうございますと伝えて下さいとお願いした。スタッフは笑って快諾してくれ、皆さん御存じなんですか？　と訊かれた。Ｋ氏が「結構みんな知っていますよ」と答えた。私は何も言っていないからネ。

登戸の駅で小田急を待っていたら、何故か各駅停車が来た。いつもは準急か急行が来るのに。止むを得ずその各駅に乗ったら成城学園前で我孫子行きの準急と接続するとアナウンスがあった。成城学園前で乗り換え、代々木上原（我孫子行きはここからメトロ千代田線に相互乗り入れする。新宿には行かない）で更に新宿行きの準急に乗り換えた。何回乗り換えたら新宿に着けるんだ？

結局、帰りは立ちっぱなしで、今日は猛暑日になる雰囲気だったので、新宿から四ツ谷へはＪＲを使った（実は行きも）。運動も大切だが、熱中症も怖い。私の何時《いつ》ものイタリア製の書類鞄にはペットボトルが二本入っている。ウーロン茶と日本茶である。日本茶はレモン・ティーやカルピス・ウォーターに変わることもある。だから結構重くなる。

七月十七日月曜日は、七月の第三月曜という事で「海の日」である。昨年はこの時期毎日が休日だったが、今年は有り難い休日である。何しろ三連休になるのだから（土曜日勤務の病院のスタッフの皆さんには申し訳ないが）。

さて「海の日」当日は、開店している飲食店が自宅の付近には余り無いという事実がある。暑いのでそんなに遠くへ歩いて行きたくないし、自転車でも限度がある。麹町のイタリアンが無難であろうか。この店は以前神楽坂に店を出していたシェフが移転したものである。但しこの店、休日の値段が少々高い。オステリアと銘打っているのに。あとは桜坂のカフェ（「桜坂のカフェ」）があるが、休日は家族連れで五月蝿《うるさ》いという難点がある。先日、水曜日（私は勤務無し）に行ってみたら大人ばかりであった。大変結構。以前赤ちゃんの泣き声に閉口したことがあったので。

そう、水曜日が休みというのは「海の日」以上に有り難い。火曜日の定例会（日々雑感「定例会」、日々雑感「定例会への復帰」）の翌日なので、午前中は身体も気持ちも怠《だる》い。つまりは二日酔い？　そんなはずはないのだが（笑）。「深酒」はしていないですからネ。

銀座の夜の物語　七月二十四日（月）

私は月に一回ほどのペースで夜の銀座に行く。

銀座は以前のイメージとは違って、手頃な価格でクオリティの高い料理を提供する店が増えている。とは言っても、銀座という土地柄故他所《ゆえよそ》よりは割高だが。

単純には比較出来ないが、生ビール（本物の生）一杯の価格が目安となる。

そのようなビストロやオステリア（カジュアルなイタリアン）、バルやカフェ・バーで食事をしていい気分になる。これ等の店は勿論予約をしている。夜の七時前に、ふらりと立ち寄って入店出来る所は、銀座にはまず無い。

お腹が膨れたところで、店を変える。九時頃に所謂《いわゆる》高級クラブの扉を開ける。「高級」だから、そう度々《たびたび》訪れる訳には行かない。従って月に一回のペースになる。

銀座には星の数ほど「高級」クラブがあり、その中には本当の「高級クラブ」があるが、私が行く「クラブ」は高級だが実際は「普通」のクラブである。

では、「高級」と「普通」の違いは何処《どこ》にあるのだろうか。それは、価格に他ならない。雰囲気や店の内装、ホステスの能力（少し前、「指名される」技量や「ナンバー・ワン・ホステス」が実際を論述する書籍が話題になったが、これ等の図書は「コミュニケーション能力」として380番台に分類される）、その他スタッフの態度、ママ（チーママ・小さいママの意味・も含む）の魅力等は、全て価格によって格付けされると言って良い。クラブの「売り」は何と言ってもママとホステスにある。「キャバクラ」の売りが「キャバ嬢」にあるのと基本的には変わらない。

「クラブ」と「キャバクラ」の違いは何か。「キャバクラ」とは「キャバレー・クラブ」の略とも言われているが、兎に角「クラブ」とは料金システムが異なる。「キャバクラ」は時間制で、知らないうちに料金が膨れてしまう。キャバ嬢にドリンクを飲ませてあげると料金にプラスされる（これは、ドリンク・バックと言って、キャバ嬢の収入にもなる）。キャバ嬢を指名すると当然指名料を取られる。カラオケのある店だと、例えば十枚〇〇円のチケットを買うと、これもキャバ嬢のポイントになる。客が一曲歌うとこれまたキャバ嬢の実績となる。キャバ嬢には昼間は仕事をしている女性も多い。

「クラブ」は、少なくとも銀座の「クラブ」は、落ち着いた内装と、上品な接客と、何より〝銀座〟というブランドを誇るかのような空間がある。とは言っても、銀座以外の「クラブ」に行った事が無いので、悪しからず。ホステスも、割合としては低いが昼間働いている人もいる。夜働いている事は、昼の職場では内緒のようである。

彼女達は、総じて物識《し》りで聞き上手である。まあ、それでなければ務まらないがネ（笑）。

テレビ・ドラマに登場する「ホステス」達は、少し誇張が過ぎる感がある。私の知る

「銀座のホステス」は、良く本を読み、ニュースを見て、世間というものを知っている人が多い。こういうプロ達を唸らせる話題は何か？

結構この「日々雑感」に書いている事があるヨ。

少年の日の思い出　七月三十一日（月）

先日、或る所で以下の話をした。

「ノーベル文学賞受賞者に、ヘルマン・ヘッセというドイツ人でスイスに亡命した作家がいました。彼の短編で、皆さんが中学校の国語で習ったかも知れない作品に、『少年の日の思い出』という名作があります。この作品はヘッセ自身と思われる人物の家に、古い友人が訪ねて来て、家の主人の末の子供が『お休み』を言いに来たのを切っ掛けに、子供時代の思い出話を始めたのです。主人が子供の頃の趣味だった蝶集めを再開したと言い、そのコレクションを客に見せました。客は蝶を刺しているピンを抜き、再び慎重にピンを刺して『もう結構』と言いました。主人がコレクションを仕舞いに行って戻って来ると、

『悪く思わないでくれたまえ。君の収集をよく見なかった事を。私も幼い頃、熱烈な収集家だったのだが、その思い出を汚してしまったのだ。よければ訊いて貰おうか』。そう言って客は話を始めました。従ってこれから言う『僕』は客のことです」。私は其処《そこ》で、少しだけ間を取った。

「僕は夏休みにもなると、虫籠にパンを一つ入れて一日中森の中や草原を歩き回っていた。教会の鐘の鳴るのも気にせず、蝶集めに没頭していた。ある日、コムラサキ（羽根が紫色の小型の蝶・大型はオオムラサキ）を捕らえたので、展翅《てんし》（標本にするため昆虫などの羽を広げる事）をして、得意の余り隣の家の子供に見せた。その子供はエーミールという名の教師の子で、あらゆる点で模範少年だった。彼は〇〇ペニヒ（ドイツの通貨でマルクの下位。日本なら銭《せん》に相当）になると評価し、次に色々と難癖を付け始めた。触角が折れていたりとか足が一本欠けているとか。僕は自尊心を深く傷付けられて、その後エーミールに蝶を見せなくなった。

ある日、そのエーミールが『クジャクヤママユ』をさなぎからかえしたと言う噂を聞いた。『クジャクヤママユ』は誰も見た者も採った者もいなかった。僕は見せて貰おうと、隣の家に行った。エーミールの部屋（僕には自室が無かったので僕にとって羨ましい限りだった）は階上にあり、階段を上って彼の部屋の前に立った。ノックをしても返事が無い。僕が扉の握りを回すと鍵は掛かっていなかった。僕は部屋に入った。『クジャクヤママユ』は何処にも無く、ふと見た机の上の展翅板の上にピンで留められていた。両側の羽根は薄い紙で覆われていて、あの有名な丸い模様（僕は友人の図鑑でしか見た事が無かった。孔雀の羽の模様のように美しい）は見えなかった。僕は誘惑に負けて、そのピンを抜き紙を取った。その時あの模様が僕をじっと見詰めていた（この表現に注目）。僕はこの宝を自分の物にしたいと、生まれて初めて盗みを犯した。獲物を手にし、階段を下りようとしたら下から声がした。僕はとっさに獲物をポケットに隠した。女中とすれちがう時どきどきしていた。彼の家を出て、すぐこの宝を持っていてはならないと、良心に目覚め、見つかるのを極度に怖れながら、エーミールの部屋に戻った。そして獲物を取り出した時、僕は取り返しのつかないことをしたと知った。『クジャクヤママユ』は壊れていたのだ（ポケットに入れたのだから、当たり前ですね）。

僕が途方に暮れていたが、やがて母に全てを打ち明けた。母は驚き悲しんだが、僕の告白がどれだけの勇気のいることだったかを察し、こう言った。『今すぐエーミールの所に行って話をしなければなりません。そして許しを請うのです。貴方《あなた》の蝶の中からエーミールに選んで貰ってそれを彼に渡すのです』。他の者ならそれも出来ただろうが相手がエーミールなので僕は行動を起こせずにいた。そんな僕に、母は『今日中でなければなりません』と言い、僕はエーミールの家に行った」

思い出しましたか？　大抵の中学校の国語の教科書に載っている作品です（一年生）。結末と考察は次回に譲ります。

少年の日の思い出・続編　八月七日（月）

「『クジャクヤママユ』を壊してしまった僕は、エーミールの家に行き彼の所在を訪ねた。彼は直ぐに出て来て、『クジャクヤママユ』が壊されたこと、誰か悪い奴がやったのか猫がやったのか分からないと言った。其処《そこ》で僕は其れは僕がやったことを説明した。エーミールは話を聞いて『そうか、君はそう言う奴だったんだな』と言った。僕は自分の蝶は全部遣《や》ると言ったが、エーミールは『君の蝶は全部知っている』と答え僕を軽蔑した眼差しで見ていた。僕は自分の玩具《おもちゃ》を全部遣ると言ったが、彼は『結構、それに君が今日蝶をどのように扱うかが分かったから』と言った。その瞬間、僕はあいつの喉笛を掴もうと思った。彼は冷然として正義を代表するかの如くで、僕は悪者になってしまった。僕は家に帰り、母は『遅いからお休み』と言ってキスした。僕は寝台に自分の蝶の収集を取り出し、暗闇の中で全部指で壊してしまった……」

私は、話は其処で終わっていることを説明し、「僕」という人物が大人になって、聞き手（家の主人・ヘッセ自身か）に語る形式だと述べた。

勿論、一度やってしまったことは取り返しが付かないという真理を示唆《しさ》（指し示す）しているが、ヘッセは其れだけを言いたかったのだろうか？

此《これ》を解く鍵は「僕」自身の回想部分に色濃く描かれている。

まず、エーミールは「僕」の言うように「嫌な奴」だったのだろうか。「嫌な奴」とは「僕」がそう思っているだけで、読み手は「僕」という人物のフィルターを通して眺めていることに気付かなければならない。エーミールは「模範少年」とも述べられており、「僕」は彼を羨《うらや》み妬《ねた》んでいたとも（正直に）言っている。従って、エーミールが最後まで「僕」を許さなかったのは、ある意味当然のことで、其れを大人になっても未《いま》だに恨んでいるかのような記述は、「僕」という人物の性格を考える上で重要な手掛かりとなる。

では、最後の自分のコレクションを壊す場面は、どのように解釈すれば良いのか。勿論、「僕」が自分自身を罰するとする見方がまず挙げられる。エーミールは罰しもしなかったから。いや、許さなかったことが罰だったとも言える。問題は「僕」が収集を壊すことを、其れで良しとしていたかである。良しとしていれば、反省の足りない人物だし、良しとしていなければ、過去の罪の償《つぐな》い方を知らない人物だと言える。

更に、エーミールを大人になっても未だに妬んでいるとする見方が出来る。「あいつ」と述べていることから、その点は明らかである。彼は、エーミールが自分を許さなかった訳を現在に至るまで理解していない、とする解釈が可能である。

また「僕」が主人に話をしたのは、所謂《いわゆる》告白（キリスト教カトリック系で言う『告解』である。『告解』とは御存じかも知れないが、神父若《も》しくは司祭に自分の罪を告げて、神の許しを得ること）と見なされる。彼は聞き手に話を聞いて貰うことで贖罪《しょくざい》（罪を償うこと）を得ようとしたのであろう。若しくは主人の共感（或いは同情も）を得ようとしたのかも知れない。

何《いず》れにせよ、聞き手（主人・ヘッセ自身か）のコメントが無いまま終結している。これは、明らかに読み手（一般読者）に結論を考えさせる狙いがあると言えよう。

一般に、エーミールは「嫌な奴」「友達にしたくない」という感想が挙げられる（中学校の授業でも、この感想は多い）。しかし、エーミールが「僕」を許さなかったことに共感する意見も多い。自分の大事な物を壊されたら貴方は許せますか？　この問い掛けに殆どの生徒も許せないと答える。

最後に、「僕」は何故こんな話をしたのか？　との問いには様々な意見が出される。それは総《すべ》て正解である。

故人曰《いわ》く、正解は一つでは無い。

――日々雑感２へ続く――

著者プロフィール

林 孝志（はやし たかし）

東京都出身
國學院大學文学部文学科・日本文学専攻
東京都在住
新宿区社会福祉協議会ボランティア

【著書】
『悪党たちの日常』（2023年、文芸社）
『日々雑感　2』（2023年、文芸社）

日々雑感　1

2023年12月15日　初版第1刷発行

著　者　林 孝志
発行者　瓜谷 綱延
発行所　株式会社文芸社
〒160-0022　東京都新宿区新宿1－10－1
電話　03-5369-3060（代表）
03-5369-2299（販売）

印刷所　株式会社エーヴィスシステムズ

ISBN978-4-286-24667-3